CB057300

# O Dom do Crime

## MARCO LUCCHESI

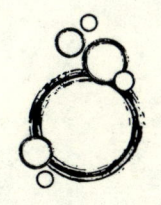

# O Dom do Crime

MARCO LUCCHESI

Copyright © Marco Lucchesi, 2010

Grafia atualizada segundo o Acordo Ortográfico da Língua Portuguesa de 1990, que entrou em vigor no Brasil em 2009.

*Conselho Editorial:*
Felipe Damorim, Leonardo Garzaro, Lígia Garzaro, Vinicius Oliveira e Ana Helena Oliveira.

*Arte:* Vinícius Oliveira e Silvia Andrade
*Revisão:* Ana Helena Oliveira e Lígia Garzaro
*Preparação:* Leonardo Garzaro
*Edição:* Felipe Damorim e Leonardo Garzaro

Dados Internacionais de Catalogação na Publicação (CIP)
(Câmara Brasileira do Livro, SP, Brasil)

---

L934

Lucchesi, Marco

O dom do crime / Marco Lucchesi – Santo André - SP: Rua do Sabão, 2022.

144 p.; 125 x 180mm

ISBN 978-65-86460-45-2

1. Romance. 2. Literatura brasileira. I. Lucchesi, Marco. II. Título.

CDD 869.93

---

Índice para catálogo sistemático:
I. Romance : Literatura brasileira
Elaborada por Bibliotecária Janaina Ramos – CRB-8/9166

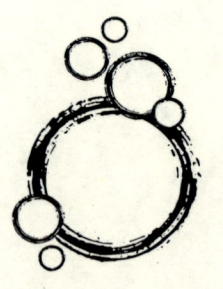

[2022]
Todos os direitos desta edição reservados à:
Editora Rua do Sabão
Rua da Fonte, 275 sala 62B
09040-270 - Santo André, SP.

www.editoraruadosabao.com.br
facebook.com/editoraruadosabao
instagram.com/editoraruadosabao
twitter.com/edit_ruadosabao
youtube.com/editoraruadosabao
pinterest.com/editorarua

*À memória de Quintilia Lorenzoni*

*Os quatro pontos cardeais são três:*
*o sul e o norte.*

Vicente Huidobro

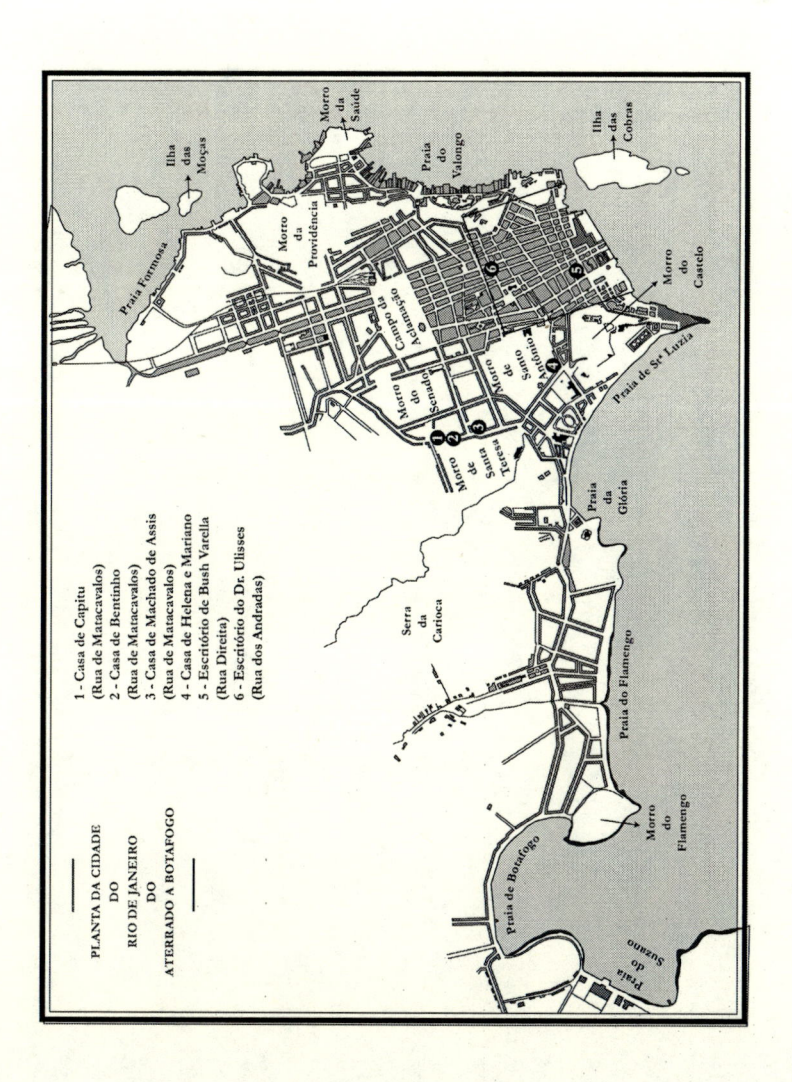

**PLANTA DA CIDADE
DO
RIO DE JANEIRO
DO
ATERRADO A BOTAFOGO**

---

1 - Casa de Capitu
  (Rua de Matacavalos)
2 - Casa de Bentinho
  (Rua de Matacavalos)
3 - Casa de Machado de Assis
  (Rua de Matacavalos)
4 - Casa de Helena e Mariano
5 - Escritório de Bush Varella
  (Rua Direita)
6 - Escritório do Dr. Ulisses
  (Rua dos Andradas)

# 1

Capital Federal, 1900

O doutor Schmidt de Vasconcelos sugeriu-me que escrevesse um livro de memórias. Seria uma forma de não deixar em branco o meu passado, além do benefício de espantar os males da velhice. Não todos, que são muitos, alguma parte, talvez, algum resíduo. Decidi seguir seu conselho, não sem temores e incertezas, diante de um passado cujas imagens se revelam confusas e imperfeitas, como se fosse um mosaico inacabado, miragem do que fui ou deixei de ser.

Procuro abrigo à sombra das estantes. Cheias de livros e remédios, filosóficos e alopáticos. Meu pobre estômago em pedaços, os rins alquebrados, os olhos míopes e astigmáticos. Sinto uma forte atração pela homeopatia, argumento de peso para me libertar do alto custo dos venenos ministrados pelo doutor Schmidt. Prefiro água de tília e flor de laranjeira a um só grão de morfina. Semana passada fui pela primeira vez à farmácia dos discípulos de Hanehmann, aquela da rua dos Ourives. A conversa dos clientes é pavorosa, como se fossem um bando de alienados. Mas que importa, se a homeopatia avança com passos lentos, porém eficazes, sem agredir o bolso e os demais órgãos?

Não se assuste. Prometo não descrever uma fileira de achaques. Tenho urgências maiores. Meu tema predileto? Seios e glúteos. Não posso nem desejo me curar de tal vício encantador. Gosto imenso das devassas e jogo xadrez horas a fio no Cosme Velho. Aposto em corridas de cavalo e não suporto a história de Roma, que não passa de um circo de horrores. Inclino-me diante das cartas de Sêneca e das ruínas do Capitólio. Comecei a estudar grego. Leio a oração de Renan sobre a Acrópole. Mas basta de antiqualhas. Ficamos pulverulentos com elas e não preciso aumentar minha antiguidade com outras maiores, que me arrancam do diálogo com os medíocres do presente: gregos, italianos, brasileiros. Não os odeio em si mesmos, mas porque despertam o pequeno Sílvio Romero que me habita. Ando intolerante com o mundo. Não passo de um irreverente. Tenho fé que a homeopatia promova o equilíbrio dos humores, corrigindo a bílis negra.

Não me casei. Vivo com Graziela, gata mal-humorada que me adotou. Não tive filhos e os poucos amigos desapareceram. Houve mesmo algum? Tenho muitos livros e não poucas dívidas — ambos aumentaram no fim da Monarquia. Passeio entre volumes de história e poesia, ensaios metafísicos e novelas sem pudor. Sade e Agostinho moram juntos na rua dos Andradas, na parte ocidental da biblioteca, perto da cesta em que dorme a gata. Ninguém se ofenda com a insólita intimidade. Sade, Agostinho e Graziela. Não passo de um herege, de um agnóstico empedernido, longe de qualquer afinidade com os discípulos de Comte. Prefiro o céu de Blanqui, mil vezes superior ao esquálido sistema positivo. Amo os *Pensamentos* de Pascal e meu espírito repousa no desespero do *Eclesiastes*. Sei poucos versos de Leopardi e aposto na beleza das janelas diante do infinito. Saudade dos quintais antigos. Das noites de luar em Niterói.

Mas aonde você vai parar, velho poltrão, com queixumes e saudades de mocinha?

Um pouco mais de aprumo!

Confesso que ando sem forças. Ponho tudo na conta do tédio, mais do que na idade. Não penso na morte, mas na beleza de seios e glúteos. Presumo que já tratei disso antes. Importa repetir apenas o essencial: seios e glúteos. Passo em visita as formas da Baronesa XXX e da Viúva XXX. Custavam menos que as polacas, desde que sorvidas em doses homeopáticas. Fecho os olhos e imagino o torso antigo da Viscondessa de Abrantes, mas a beleza é passageira como o rio de Heráclito. Não podemos dormir duas vezes com a mesma dama. Eis a razão filosófica segundo a qual não me casei.

Vivo a contemplar as coisas do mundo. Sou regido pelo passado, mas resisto. Leio de manhã o *Jornal do Commercio*, anoto o valor das ações e algum leilão. Aplico-me, teimoso, nos artigos de fundo, antes de receber a visita bissexta de uma senhora. Folheio um romance antes do almoço, por volta das onze, almoço frugal, com sobremesa das freiras da Ajuda. Charuto, sesta e licor. Ao cair da tarde, estou na *sublime porta* da livraria Garnier. Horas depois, eis-me no entorno da praia da Lapa. Lembro de Camilo de Montserrat na Biblioteca Nacional, homem cultivado, que sabia grego e latim, coração generoso, que o Marquês de Olinda se esmerava em maltratar. Se houver Deus, que guarde o senhor marquês, e guarde mal. Pobre religioso! Aqueles dias minaram-lhe a saúde. Aos meus olhos era uma espécie de Matusalém. E, contudo, deu-se comigo o que me parecia improvável: fiquei mais velho que Montserrat.

Sou, como ele, um náufrago do tempo, fantasma sem destino ou sem raiz. Sorvo um bocado de juventude, quando evoco os passeios de barco a Jurujuba e as conversas com o Visconde de Taunay. Fomos colegas no Colégio Pedro II e sempre invejei a história de seu amor com a índia Antônia. Era esse mesmo o seu nome? An-tô-nia! Dois velhos devassos — o visconde e eu — amigos de Dom Pedro, que afinal de contas...

Outro de meus vícios consiste em assistir ao julgamento dos crimes levados à barra do tribunal. Boa razão para sair de casa, além do Passeio Público e da Garnier. De onde me vem tanto interesse? Trabalhei anos a fio em bancas de alto prestígio na Corte, defendi criminosos conhecidos, como o filho do Barão de XXX e aprendi com Zanardelli *que o patrocínio de uma causa má não só é legítimo, senão ainda obrigatório; porque a humanidade o ordena, a piedade o exige, o costume o comporta, a lei o impõe...* e os honorários convencem, seduzem e arrastam, sem que se possa esboçar reação. Não nego também a beleza da estética do júri, que me encanta, estilo próprio de lidar com a lei e o público.

Perdi uma pequena fortuna com vinho do Porto, mulheres e havanas. Não me arrependo de nada. Abri meu escritório depois dos quarenta, na rua de São Pedro, perto do de Caetano Filgueiras, vaidoso bonachão da poesia que jamais encontrou, ou do prefácio bisonho, que escreveu ao livro de Machado de Assis. Trabalhei no Aljube e consegui arrancar da prisão um punhado de facínoras. Não perdi uma só causa, tão maleável se mostrava o aparelho judiciário, comprometido por um mar de rábulas e bacharéis, que repetiam adágios de Bentham e Filangieri. Não sabiam cortar com precisão o nó górdio, a maneira correta de salvar os clientes. E que língua intragável! Sofriam de incontinência verbal. Famintos de espaço, como os sistemas planetários de Blanqui, desprovidos, contudo, da mesma beleza. Idiotas rematados, sensíveis a cargos, propinas e orações subordinadas.

Juristas?

Não. Não. Não havia quem fosse digno do nome na esfera criminal. Copiavam sempre. E quando escreviam na língua de Roma era com um latim indeclinável, sublitúrgico, que gosto de definir como tropical e decadente.

O pai de Nabuco formava exceção. Não me era simpático, nem eu lhe inspirava bons sentimentos. Tinha-me por venal, muito provavelmente porque sua banca não era um modelo de sucesso. É forçoso reconhecer que defendeu a autonomia das decisões judiciais, atacando a confusão das tarefas do magistrado com as do chefe de polícia. Nabuco era um pêndulo, irregular, dividido entre a política e o fórum. Fazia tantas dívidas como eu. Seus gastos com a política eram altos, ao passo que os meus...

Vejo o leitor curioso a indagar quem sou ou quem fui. Digamos que me chamo Ninguém. Doutor Ulisses. Doutor Ciclope. Como preferir. Que cada qual suporte o peso de seu próprio nome, o que não é pouco. Uma História pulsa dentro dele e circunscreve nossa ilusão de estar no mundo. Logo serei apenas um nome, a que se vão juntar as datas. A verdade é sóbria como a da Pia dei Tolomei, na *Divina comédia*, cuja vida cabe num perfeito decassílabo: *Siena mi fe', disfecemi Maremma.* Meu epitáfio deveria abranger a Corte e Niterói. Presumo. Porque ainda não morri. E quem me dera terminar dentro de um verso cristalino.

Admito que estou vivo, mas sei que quando estas folhas chegarem ao futuro, estarei bastante morto. Se o leitor chegar ao final destas páginas, reze por mim, pelos meus ossos, por alguns de meus sósias, ou me mande para o diabo. Só não espero a indiferença dos vivos.

Trabalhei muitos anos com Ferreira Viana e Busch Varella, os maiores advogados criminais da Corte. Maiores? Do ponto de vista de como e quanto salvaram seus clientes, embora fossem, a bem da verdade, uns medíocres, dentro e fora do júri. Tinham fome pantagruélica de soldos e honrarias. Medíocres, como fomos e não podíamos deixar de ser naquela quadra, tal o impunham a máquina judiciária e os frágeis cursos de Direito. Não nos faltou, contudo — e me perdoe a imodéstia —, a virtude da leveza, essa, de que Rui Barbosa jamais terá notícia. E não se engane, meu amigo. Nosso maior orador não foi Rui, mas Monte Alverne. Quem ouviu o sermão de 1854, na Capela Imperial, sabe perfeitamente que digo a verdade.

No bordel em que se transformou o fórum, conheci um homem apenas, não mais que um homem independente, que mereceu meu respeito: o promotor Firmo Diniz, figura preparada e destemida. Viverá? Dedicou-se às belas-letras e não se saiu mal, ao contrário das pífias tentativas dos advogados para os quais trabalhei.

Acabo de voltar do tribunal do júri, onde fui ver Busch Varella, atuando no caso do alferes Almada, crime amplamente noticiado na imprensa. O alferes é herói da Guerra de Canudos, e sua mulher, uma figura da alta sociedade. Ao regressar dos sertões, descobriu que a esposa o traía com o vizinho, um jovem de... 15 anos. Inquirida pelo alferes, não se faz de rogada e confessa de pronto o adultério.

O marido perde a cabeça e, como um relâmpago, responde com um só golpe de faca. Nada de novo para quem trucidou, na Bahia, mulheres e crianças.

Pouco depois se desespera, se arrepende, tenta reanimá-la, pede socorro. Era tarde. Não havia mais nada a fazer. Procura a polícia, declarando-se culpado.

Estamos na sala do tribunal, trajes pretos, barbas e bengalas. O patrono de Almada é o rábula Evaristo de Moraes — poderosa torrente verbal, exímio espadachim da nova geração. Junto do promotor público, Busch Varella, na casa dos 80, mais velho do que eu e mais acabado. Um prédio em ruínas, como as casas do morro do Castelo. Intactas — a memória e a inteligência.

Começou acusando o alferes. A voz perdera o colorido de outrora e os gestos vagarosos não compunham aqueles arabescos que impressionavam o júri. Seja como for, o advogado reprova a serenidade que o alferes não teve, censura o ímpeto de vingança e o acusa de cometer violência desproporcional contra a vítima. Não era lícito lavar a honra com sangue, havia outros modos, que não os da barbárie, para encobrir o opróbrio da traição. Se todos agissem como o réu, a sociedade havia de pulverizar-se.

Evaristo ouve tudo impassível. Ao tomar a palavra, um fato inusitado. Ele, que era uma tempestade, movido por ventos velozes, sem roteiros previamente desenhados, mergulha a cabeça num maço de folhas. Põe-se a ler detidamente página por página. De quando em quando volta à superfície da sala, fitando Busch, como quem estuda a reação adversária. Para a defesa, Almada fora arrastado pelo ciúme, perdera a razão, vitimado por instintos afrodisíacos; uma conjunção de fatores produziu aquele trágico desfecho. O alferes não era um assassino, mas uma vítima da fatalidade. Assim devia ser visto e absolvido pelos jurados.

Finda a leitura, Evaristo encara a parte contrária e, após uma pausa irritante e prolongada, assevera aos jurados:

— Sabeis, juízes, de quem são estas palavras, que encerram a melhor defesa do acusado presente? Não são minhas. São do eminente advogado, que está junto ao representante do Ministério Público, o doutor Busch Varella. Pronunciou-as ele em defesa do seu amigo, que matara a esposa por simples suspeita de adultério.

Busch balbuciou algumas palavras. Sofrera um golpe terrível. Não havia que responder, frente a uma defesa que citava *in toto* suas palavras. Como se Busch houvesse derrotado a si mesmo. O advogado que era o meio-dia do Império entrava finalmente em ocaso republicano.

*Absolvição unânime!*

Depois da sentença, não cumprimentei Evaristo e não me solidarizei com Bush. Saí pensando apenas no último romance de Machado de Assis. O caso aludido por Evaristo guarda não poucas semelhanças com *Dom Casmurro*.

Fui ao Hotel do Globo. Pedi uma taça de vinho do Porto e acendi meu havana. A cabeça não saía do tribunal e do crime da rua dos Barbonos. Passaram-se quarenta anos e aquela história ainda me confunde. É sobre isso que pretendo escrever, caro doutor Schmidt: as memórias dos outros. Prometo frear o tom, mais comedido, talvez mais frio, como querem os positivistas. Um livro sem opiniões. Beirando o cinismo. Ou quase.

Machado e meus contemporâneos não terão acesso a estas páginas. Vou depositá-las na *arca do sigilo* do Instituto Histórico e Geográfico Brasileiro e manifesto claramente o desejo de que esses rabiscos só poderão ser abertos depois do dia 6 de novembro de 2010, quando serei um espectro, assim como as personagens deste libelo. Se houver descendentes, não meus, que respondam. Os que vagamos nestas folhas estaremos desaparecidos. Apenas a memória dos nomes. Quem há de se ofender com minhas palavras, quem há de me convocar para um duelo, depois de sopesar uma verdade sobre a qual cabem muitas dúvidas?

Aos fatos, senhores. Aos fatos!

# 2

Um crime. Um sobrado. Um delírio. De que outros elementos lançar mão para atingir a capital do Império, que se afasta vertiginosa do presente, soterrada na poeira, com seus velhos habitantes, desaparecidos, cada qual aplicado a *estudar a geologia dos campos santos*? Como reter um ponto imaterial, a densidade específica dos tempos idos, para deixar a superfície do agora e aderir a uma realidade, transpassada por um alto coeficiente de solidão?

Se todos os mortos são egípcios, intuir uns poucos hieróglifos, arrancar-lhes a porção mínima de mistério, eis a dura tarefa que me cabe. Não haverá, decerto, um princípio Champollion para se chegar a Machado e ao que gravaram suas retinas, quando passava, digamos, pelo Colégio dos Jesuítas, subindo a ladeira da Misericórdia. Posso auscultar o espaço entre os sinais, reunir poucos e raros fragmentos, compulsar relíquias esparsas, devastadas, aquelas que despontam, solitárias, das lágrimas do tempo ou dos olhos de Bento Santiago, se é que chorou algum dia.

Penso no ano de 2010. Contemplo uma fachada em ruínas, frontões abalroados e torres descalças. Caminhos que nascem e morrem no Campo de Santana. Tentáculos de um espólio inalcançável. Como se fossem fios de prata, quase invisíveis, que partem da Igreja de São Gonçalo Garcia e São Jorge e seguem para a cidade antiga, no labirinto da rua da Alfândega. Desenho camadas na paisagem atual e completo resíduos de um passado que incide sobre frágeis lacunas. Poucos sinais restaram da igreja de São Pedro dos Clérigos, de planta redonda, preferida de Joaquim Manuel de Macedo. Não vejo tampouco o Teatro de São Pedro, que deu lugar às vozes da Candiani e da Lagrange, divas da juventude de Antonio de Almeida e Machado, substituídas pelos pássaros do século XXI, que repetem umas poucas notas da *Lucia di Lammermoor*. Adivinho quanto se perdeu e procuro devolver o que posso, como a igreja que deu nome ao Campo de Santana, demolida em 1857, a cuja volta se dava a festa do Divino, em pleno Sábado de Aleluia, com danças, leilões de prendas, fogos de artifício.

Uma cidade árdua, a Corte. Mais fácil de sair que de entrar. Como reconhecê-la? Morros destruídos. Aterros naturais. Ou provocados. Ler a história da cidade é como examinar a cena de um crime, partindo de seus últimos vestígios. Preciso distinguir a série de camadas sobrepostas: as tramas da composição, o conjunto de provas, álibis inesperados e atenuantes. Mas não alcanço o móvel e a autoria, pois que são tantas as partes envolvidas. Sei apenas que houve um crime no corpo da cidade. Uma ferida aberta. Alguns becos e artérias resistem, temerosos, testemunhas de um segredo de sangue, guardado a sete chaves.

Um traço de perfídia. Ou de melancolia.

Sei que é impossível escrever a História. Como traduzir os escarlates matinais da Guanabara, vistos do morro do Castelo (quando as gerações futuras decidirem arrasá-lo, como tudo leva a crer), a imponência intraduzível da velha Sé e o frescor das águas claras da Carioca? Nada. Mil vezes nada. Não me resta senão intuir o que o futuro será capaz de preservar. Imagino o rosto incerto da História. Nada sei de seus olhos compridos e difíceis. A História terá olhos marítimos. Tudo deságua nas vagas do tempo, numa praia de Botafogo ideal, em cujas ondas se afogam centenas de Escobares, levados pela correnteza, ou pelos olhos frios de uma deusa. Para Louis Blanqui, os infinitos parciais se abismam no grande infinito, tal como os rios no oceano.

Tenho diante de mim a vida de um casal que devia ficar esquecida (não sendo mais que um traço no Atlântico de nomes, de que é farta a cúria metropolitana), não fosse um detalhe irreparável que o distingue, para sempre, de outros milhares de casais. Um crime. Um delírio. De que outros elementos lançar mão para alcançar o drama desse velho narrador e de suas personagens, que, em 2010, serão menos que sombra e pó?

# 3

A história começa de noite. Sob uma torrente de números iguais. Terça-feira, 6 de novembro de 1866. Dia de São Severo e São Leonardo. O Sol se pôs às 18 horas e 27 minutos. É véspera de Lua nova. Noite densa. Noite escura. A estrela de primeira magnitude é a do telégrafo do morro do Castelo. Mal se distinguem na baía as faldas longínquas, por onde se perdem as ilhas e os morros da Guanabara. A iluminação das ruas do Centro já se apagou. Sobrevivem apenas as luzes tímidas dos oratórios, de que são consteladas as esquinas da Corte. Mais assustam que iluminam, como se cada qual reunisse um magote de fantasmas. Noite ambígua. As trevas cobrem o morro do Senado e o casario adjacente. O Passeio Público e a praia da Lapa sobrenadam na mesma escuridão. Outras luzes, náufragas, resistem pouco mais. Velas no convento de Santa Teresa. Outras, no mosteiro de São

Bento, e por questões litúrgicas. Uma cadeia de fogos no hospital da Santa Casa de Misericórdia. E um clarão inopinado reverbera no quarto 101 do Hôtel de France, a 30 metros da igreja do Carmo.

E atrás de cada ponto luminoso, um homem se debate com sua própria sombra. Não dorme Dom Pedro, aflito com a Guerra do Paraguai, após o revés de Curupaiti. Não dorme Joaquim Maria, plasmando ideias para um romance, de cuja história mal formulou o enredo, a que não falta, muito embora, um nome: *Ressurreição*. Não dorme Zacarias de Góis, presidente do Conselho de Ministros, pronto como *um navio de guerra*, de *portalós fechados* e *fogos acesos*, a desenhar o novo assalto da tribuna. Não dorme a viúva Coelho, debulhada em lágrimas, e nem tampouco a escrava Esperidiana, presa de um estranho remorso.

Insones, José Mariano e os vizinhos da casa 22 da rua dos Barbonos. Só Helena Augusta não voltará da noite em que se perde.

# 4

Todo crime deságua numa confusão de hemácias. Não há sangue em O primo Basílio. Mas foi por um triz. Um segredo disperso. Uma carta. E a morte de Luísa, asséptica, funcional. Se não houve derramamento de sangue, a história se mostrava rude aos olhos de Machado. Como se, por equívoco, a lógica do excesso tornasse mais nítida a trama. E mais espessa. Para uma gama de escritores, importava enumerar os *fios de que se compõe um lenço de cambraia ou um esfregão de cozinha*. O êxito da página, insiste Machado, não devia repousar no volume de informações, quase sempre vulgares ou degradantes, mas na precisão sutil com que se mostram as ideias. *O perigo do movimento realista é haver quem suponha que o traço grosso é o traço exato,* conclui Machado e sem maiores delongas.

Devo abordar a cena do crime, e as provas periciais não deixam dúvida acerca da brutalidade dos golpes.

Um corpo jaz no chão, em decúbito dorsal, ao norte da porta, que dá para a garganta do corredor, por onde escorre um fio de sangue venoso e arterial. Se a corrente sanguínea forma desenhos bizarros, o quarto evoca a passagem de Moisés pelo mar Vermelho. Da jugular provém a correnteza — veia francamente aberta, ao passo que a carótida primitiva permanece intacta. Ao sul da mesa, e ao longo da planície do assoalho, uma restinga por onde brilham gotas de sangue maiores sobre um fundo violáceo. Ferroso. Difuso. Um ocaso em chamas consome o papel de parede, borrifado de vermelho. A leste, sobre a toalha de crochê do sofá, uma constelação de grumos, tendendo para o rosa. A oeste, no alto da secretária, junto às cercanias da janela, acha-se aberta uma carteira de couro da Rússia além de um bisturi — a folha e o cabo ensanguentados.

Será preciso estancar o sangue e a cena do crime, para não dar o número exato de hemácias ou dos fios de que se compõe um esfregão de cozinha — minudências de uma imaginação mórbida e ao mesmo tempo escassa?

Um esfregão seria muito bem-vindo, aliás, para tornar mais leve a narrativa, removendo o mar de sangue, após o trabalho da perícia.

O promotor público pede a condenação do réu, nas penas do grau máximo do artigo 193 do código criminal.

5

Machado de Assis vive encerrado nas páginas do *Diário do Rio de Janeiro,* em meio ao burburinho da rua do Ouvidor. Escreve da primeira à última linha. Ocupa todos os espaços possíveis, transcrevendo notícias, assinadas ou não, criando siglas, folhetins, editoriais. Tenciona deixar o *Diário* para assumir o posto de primeiro oficial na Secretaria da Agricultura, prometido por Afonso Celso, após intermediação de Quintino. O salário modesto e o excesso de trabalho: *nunca houve emprego que viesse mais a propósito.* Era questão de tempo. Entretanto, Machado prepara a edição do dia 13 de novembro de 1866. Marca, dentre outras, a notícia do Marquês de Caxias, designado comandante das forças armadas, no momento mais difícil da Guerra do Paraguai. A decisão veio do Imperador e não resta a Zacarias outra alternativa senão a de engolir a presença do velho inimigo. Machado aplaude o decreto 3.725, que concede liberdade aos escravos convocados pelo Exército, estendido às mulheres, se casados fossem. Não deixa, contudo, de fazer publicidade de sua peça *Os deuses de casaca*, em consonância com a moda do teatro de amadores, uma febre que se espalhava nos salões fluminenses.

Ocupa-se inclusive do obituário. Dentre as notas de falecimento, uma delas salta-lhe aos olhos pela concisão: a missa de sétimo dia de Helena Augusta da Silva: *terá lugar amanhã, 13 do corrente, às oito e meia horas, na igreja de São Francisco de Paula, para a qual são convidadas todas as pessoas em amizade e conhecimento da mesma finada*. O anúncio não traz, como de praxe, um poema de amor, um *buquê de saudades*, que filhos e maridos mandavam publicar na ocasião. Poupava-se com isso um punhado de figuras saturadas, como a do enterro de Brás Cubas, quando, sob a chuva fina, alguém disse que *a natureza parecia estar chorando a perda irreparável*.

A frieza do convite soa estranha. E, no entanto, a brevidade se aclarava com outra informação, publicada pelo *Diário*, por volta do dia 8 ou 9 de novembro: *às sete e meia da noite, o doutor José Mariano da Silva, residente à rua dos Barbonos, dava a morte à sua esposa, dona Helena Augusta. Pouco depois, apresentou-se ao oficial do estado-maior do corpo de polícia, declarando que cometera aquele atentado.*

Grassava uma epidemia de crimes passionais dentro do frágil coração do Império. Na mesma hora em que morria Helena, o doutor Cerqueira Lima assassinava a esposa, com quatro tiros de revólver, não muito longe, na rua da Imperatriz. A lista dessa prática poderia crescer aqui e sem maior proveito, senão o de ampliar inutilmente um feixe de nomes. Parcelas abstratas de humanidade. Sem rosto. Sem densidade física.

Machado reconhece nos dois casos a manifestação cruel da loucura. Sente uma atração indefinida pelo caso de Helena, como se quisesse aprofundar-lhe as circunstâncias que levaram ao homicídio. Deslindar a fina camada, porventura existente, entre as malhas da justiça e os deveres da medicina. Não seria o caso, afinal, de se *ampliar,* como disse mais tarde, o *território da loucura*?

# 6

Helena Augusta era jovem e de discreta beleza. Nascida em 1830, na freguesia de Nossa Senhora do Desterro, próxima de Itaboraí, o nome de batismo era Helena Maria. Filha de Maria José dos Santos, Helena vinha de uma família humilde — ou, como sublinha a defesa, de uma família *paupérrima* — e de muitas irmãs. Viviam, na primeira metade dos anos quarenta, de um trabalho *ímprobo e penoso*, de sustento diário, junto à Faculdade de Medicina do morro do Castelo.

O advogado não declara em que consiste o sustento de Helena, mas a hipótese de que lavasse a roupa dos acadêmicos não é de todo implausível. Parte do morro do Castelo parecia um mar de lençóis quarando sobre a relva, lembrava um abismo de cordas, um *cipoal de bambus erguendo os panos lavados* ao vento.

Não são poucas as lavadeiras de roupa fina espalhadas pela Corte. Madame Barbet é uma delas, cujo comércio não distava do morro do Castelo, localizado na altura do número 13 da rua dos Barbonos. Os estudantes contudo preferem contratar o serviço nas cercanias do antigo Colégio dos Jesuítas. Trabalho de famílias pobres, cujos nomes, se não aparecem no *Almanaque Laemmert*, dividem hoje, com as traças, e sob densos estratos de poeira, o arquivo das igrejas.

Apesar da vida menos que frugal, Helena Maria e as irmãs não deixaram de fazer *a felicidade de mais de um cavalheiro, a que se tinham de ligar pelo vínculo do casamento*. Luiza Maria, por exemplo, casou-se com o futuro Barão de Torres Homem, mês e meio antes do crime. Não pode ser outra a razão de a família da vítima ser tratada com alguma deferência pela defesa.

José Mariano da Silva havia de ligar para sempre seu nome ao de Helena. Como se fosse uma centelha, uma aparição... *Homens do século XIX,* exclama Blanqui, *a hora de vossas aparições está fixada para sempre*. E podemos dizer que a hora de José Mariano fora fixada sob o impacto da *beleza* dos 16 anos de Helena, cuja voz era um *cicio de nenúfares e lilases*. Amor à primeira vista, como diziam os versos de Laurindo Rabelo: *de meigas esperanças amorosas, só delícias gozava, só prazeres, quando pensava nela, quando a via*.

Com uma linguagem sem estilo seguro, não castigada, e que Brás Cubas não hesitaria censurar, assim argumenta a defesa:

— Moço descuidoso, tendo um futuro largo diante dos olhos, achou naquela alma doçura e pureza, amou-a, mas amou-a como ama o homem de intenções puras, virtuosas, amou-a, como se ama a criatura angélica, a quem desejamos fazer a companheira de nossos destinos.

O clima era propício: um jardim habitado de sonhos, com a baía de Niterói a emoldurá-lo. A jovem arrancou-lhe segredos, como diria Joaquim Manuel de Macedo, sobre a paixão no alto do Castelo. Mal podemos adivinhar a zona de mistério, por onde penetrou, descalça, a luminosa beleza de Helena.

O casamento se deu no dia 10 de abril de 1847, na igreja de Santana. Tomados *os depoimentos verbais e as diligências que determina o concílio tridentino, o juiz cônego os recebe em matrimônio.*

Ao se casarem, o médico-cirurgião transpôs o abismo social que o separava da esposa, elevando-a *às esferas mais altas da sociedade*, como assevera ninguém menos que o famoso causídico da Corte, o já referido Carlos Arthur Busch Varella, representante do réu:

— José Mariano tirou aquela mulher da obscuridade, fez dela sua esposa, trocou-lhe as roupas modestas que a cobriam pelas sedas com que muitas vezes a viam na sociedade mais elegante.

As sedas também chegavam ao nome. Se antes de se casar era Helena Maria, passava agora a Helena Augusta. Como se houvesse algo de refinado no acréscimo, diluindo um passado obscuro. Augusta dava-lhe ares mais nobres, era quase um título. Lembrava o Gabinete da Conciliação do Marquês do Paraná, cujo equilíbrio terminou antes da Guerra do Paraguai.

Para desespero dos que trabalham com árvores genealógicas, a mudança de nomes era uma prática difusa no Império e continua sendo até hoje. Augusta era moeda corrente na língua portuguesa. Três anos depois, Machado se casou com Carolina Augusta. Nísia Floresta não o dispensou de seu comprido nome. E tampouco a irmã de José Mariano ou a esposa de Rui Barbosa. Uma lista de Augustas para a diversão de um Don Giovanni. Afirma o advogado:

— José Mariano exaltou Helena ao círculo mais nobre da sociedade, ostentando orgulho de possuir aquela mulher. Ambos se regozijavam em dar público testemunho de sua felicidade.

O retrato de Helena parece muito próximo de Capitu, com *seu chapéu de casada e o ar de casada com que* dava a mão a Bentinho *para entrar e sair do carro. Não lhe bastava ser casada entre quatro paredes*. Casa. Igreja. E papel. Era preciso, com efeito, transmitir os sinais do novo estado.

As sedas e os sinais. Assim fizeram Helena e Mariano, durante quase vinte anos, pelos salões em que brilharam, nas tardes da igreja da Glória ou na praia de Botafogo, quando a felicidade, segundo Machado, tinha boa alma.

# 7

Depois da Europa, a preferência da lua de mel dos fluminenses recaía sobre a Tijuca e a Praia Grande. Bentinho e Capitu se casaram numa tarde chuvosa de março de 1865. Procuravam os ares frescos da paisagem bucólica e distante da Tijuca. Já Helena e o marido, um ano depois, planejam uma estada em São Domingos, como quem repete a primeira viagem de núpcias. Tão *linda a praia de Icaraí em noite de luar,* exclama Leonel de Alencar, irmão de José, numa pálida novela de mistério. *O mar ali não brame, soluça, e a onda se espreguiça voluptuosa sobre a areia, como as moças quando acordam cheias de sono.* Tivéssemos o caderno de receitas de Helena. Algumas frases de amor, levadas pela brisa, como as ondas da praia de Icaraí. E o desenho do rosto. Dos lábios. E dos olhos.

Valem os versos de Laurindo Rabelo quando traduzem uma vez mais a saudade nupcial: *Do amor o ardente lume não se apaga.*

Um havana entre os dedos e o mistério do rosto, por detrás de uma cortina de fumaça. Era o começo do futuro e sua inabordável duração. A História de Roma nos olhos de Helena e o perfume do século no esmalte de sua pele. Uma jovem na areia da praia, onde se apaga uma inscrição infinita.

Resta apenas uma doce felicidade sensual, desprovida de um caderno de memórias.

Mas, segundo o Marquês de Maricá, a felicidade sensual *é a mais incompleta de todas: não podendo subsistir sem contraste e especiaria dos males.*

# 8

Helena descansa ao sul do canapé e a leste da mesinha da sala do segundo andar, onde há de morrer um dia. Cabelos soltos. Sem touca, sem espartilho. Passa os olhos na *Folhinha de sonhos para o ano de 1866*. Na secretária, a *Imitação de Cristo* e as *Crisálidas*, de Machado de Assis, com breve dedicatória. Passa a tarde fazendo crochê, ocupada com rendas e franjas trazidas da loja Ao Bastidor de Bordar.

No começo da noite, divide-se entre a praia de Santa Luzia e o Passeio, os ares da baía amenizando a canícula, de braço dado com o marido, a igreja do Carmo e a rua das Belas Noites ao fundo.

Terá aprendido a tocar piano como Capitu, móvel deveras apreciado e cartão de visita dos melhores salões da Corte? Aurélia Camargo e Helena do Vale, tanto em Machado quanto em Alencar, embora não fossem virtuoses, não se saíam mal com as velhas árias. O piano devia fazer figura na casa de médico bem-sucedido, fosse de armário ou de cauda, fosse loquaz ou bem silencioso. Podia-se comprar da marca Pleyel e não faltavam boas partituras na rua do Hospício ou na Casa de Pianos de Guigon.

Da leitura do processo, concluo pela ausência de piano dentro de casa. Sem piano e sem filhos. Tinham apenas um ao outro. E, se não chegaram a tempo de sentir saudades de si mesmos, como Carmo e Aguiar, visitados pelo Conselheiro Aires, no crepúsculo de uma vida marcada de afeição, partilharam de outras alegrias.

Helena estabelece fortes vínculos com os filhos pequenos da escrava Esperidiana, com os quais realiza parte de sua maternidade. A mãe das *crias* era-lhe também confidente. Imagem da possível harmonia entre escravos e senhores? Harmonia de superfície, pois tenho a impressão de um ruído entre as duas. *A escravidão avilta o escravo e barbariza o senhor*. Mas é difícil dizer com precisão que ruído era aquele. Sempre em fragmentos, o que vem de Helena. E de terceiros.

9

Nem tudo nessa quadra é crime passional. O mundo gira e a Guerra do Paraguai se integra ao quotidiano da Corte. Depois de traduzir *O barbeiro de Sevilha*, de Beaumarchais, e *Os trabalhadores do mar*, de Victor Hugo, Machado esboça um ensaio, perdido, sobre Francisco de Monte Alverne, dez anos após a sua morte. O já famoso bardo de Corina tem saudades do passado recente. Indaga onde se vão aqueles dias, quando nos lábios de Monte Alverne *não falava um homem, mas uma geração, um século inteiro.*

A cela do convento é a antítese de sua glória. Três passos apenas medem-lhe a superfície. Os livros *poucos e bons*, nas palavras do Imperador, a povoar-lhe a solidão: volumes gastos de tantas leituras, excessos que abriram a espessa camada de trevas, por onde se perdem seus olhos. Monte Alverne está completamente cego. Uma janela estreita, não mais que uma janela escassa. Da cela e dos olhos. Vive com ele um passarinho, segundo *cenobita*, junto ao qual celebra as *glórias do Criador*. Impressiona sua melancolia, como se houvesse perdido a própria vida. Um desvão divide-lhe o alto semblante, as mãos finas, os olhos vazios e um pélago de tristezas. Monte Alverne sofre. De um passado de glórias que atiça o estado de isolação em que as manhãs e as noites se sucedem, anônimas, a surpreendê-lo, de todos esquecido. Sofre de escrúpulos de consciência, que o ferem como flechas, e com tamanha obstinação, que nem mesmo o bispo Conde de Irajá conseguiu erradicar.

Monte Alverne é prisioneiro de um drama inefável. Declara-se *vítima enfeitada para o sacrifício*. Mas Dom Pedro quer ouvi-lo na Capela Imperial. Convoca Joaquim Manuel de Macedo para se desincumbir da tarefa de arrancá-lo da masmorra de trevas em que se via flagelado.

Os quatro volumes dos sermões não trazem a litografia de Sisson, onde se percebe a ruína em que se transformara. A imagem publicada é a de quando era jovem, cabelos revoltos, olhos firmes, compondo a atmosfera romântica do gênio.

Dezenove de outubro de 1854. A Corte amanhece na expectativa de ouvir-lhe a pregação. Seus lábios rompem um jejum de quase vinte anos.

Silêncio que suportou com ânimo incerto e fugaz, onde se alternavam cheias e vazantes. Sobretudo estas. Foi o canto do cisne da maior eloquência do Império.

A chuva da manhã cessou antes da liturgia. Acham-se na capela a família imperial e os escritores fluminenses, dentre os quais Quintino, Alencar, Otaviano, além do jovem Machado. Monte Alverne chega coberto de trevas. Ligeiramente curvo, o burel largo e os braços descarnados. Fita a nave, como se atingisse algo incerto e maior. Uma poderosa onda de silêncio inunda o templo. Erguem-se as mãos. Como as trombetas de Davi. E no final do sermão aquele mote assombroso que ninguém esquece: *é tarde, é muito tarde*:

— Não poderei terminar o quadro, que acabei de bosquejar: compelido por uma força irresistível a encetar de novo a carreira que percorri 26 anos, quando a imaginação está extinta, quando a robustez da inteligência está enfraquecida por tantos esforços, quando não vejo as galas do santuário, e eu mesmo pareço estranho àqueles que me escutam, como desempenhar esse passado tão *fértil de reminiscências;* como reproduzir esses transportes, esse enlevo com que realcei as festas da religião e da pátria? É tarde! É muito tarde! Seria impossível reconhecer um carro de triunfo neste púlpito que há 18 anos é para mim um pensamento sinistro, uma recordação aflitiva, um fantasma infenso e importuno, a pira em que arderam meus olhos, e cujos degraus desci só e silencioso para esconder-me no retiro do claustro.

Palavras misteriosas aquelas. Difícil não sentir o efeito prodigioso. Lúcio de Mendonça, que era um menino, lembrava ter assistido a um espetáculo impressivo, que não lhe saía da memória, *o quadro majestoso de um pôr de sol, por tarde límpida e serena,* iluminando as montanhas da Guanabara.

Um grego que desce da acrópole do convento de Santo Antonio para dizer que era muito tarde. Um personagem de Sófocles na escuridão. O vulto banhado pelos círios e o desenho gestual, que inspiraram João Caetano. Monte Alverne preside às bodas do silêncio e da palavra, a gradação das linhas e volumes da oratória.

Não ouvi nada igual em toda a minha vida. Eu também me pergunto aonde se foram aqueles dias, quando nos lábios de Monte Alverne falava *um século inteiro?*

# 10

Busch Varella estava na capela imperial. Acabara de ler os sermões e estudava o modo de atrair melhor a glória, com a qual começara a flertar. Os gestos de Monte Alverne parecem-lhe firmes, embora desbotados, sem o decantado vigor de outrora. Se antes formavam uma epopeia, hoje não passam de uma coroa de sonetos. A voz mantém, dentro do possível, a linha de canto. Espalham-se as vogais em harmonia pela capela, o *a* indo mais longe, o *i* elevando, e o *u* escurecendo as imagens, quando necessário. Pouco se perde, em que pese o tremor da dicção. Busch se apega ao lado vistoso do sermão, ao resplendor do plenilúnio, sem a tácita beleza das estrelas. O advogado havia de transformar o drama de Sófocles numa opereta em dó maior. Usando refrões. Passando velozmente do piano ao fortíssimo. Busch conhece o jogo da acusação e da defesa, as leis do Império e aquelas outras, de ordem narrativa, que regem as páginas do tribunal.

Queria deixar uma *senha* à *posteridade*.

E aqui a recolhemos desde sua vinda ao mundo — Rio de Janeiro, março de 1824. Vive uma infância pobre, como tantos bacharéis. *Destituída inteiramente de meios*, após perder o marido, sua mãe, Carlota, mandou carta ao Imperador para que o filho fosse admitido no Colégio Pedro II. *Venho submissamente implorar ante o trono de Sua Majestade*. Aluno aplicado, receberia o diploma em dezembro de 1843. Finda a colação de grau, pronuncia um discurso que comove a audiência. Segue os estudos na Faculdade de Direito de São Paulo, de onde sai bacharel, em 1848, para encetar memorável carreira à barra dos tribunais.

No tempo de José Mariano, sua banca está muito bem situada na rua Direita, 16, primeiro andar. Tido entre os melhores criminalistas, é proclamado *lidador da arena judiciária, cuja fronte olímpica merecia ser cingida com a coroa de louros*, herdeiro *das glórias de Cícero e Demóstenes*. Sócio do Instituto dos Advogados do Brasil, que presidiu interinamente, responde a consultas jurídicas, como as do ministro da Justiça Nabuco de Araújo, que visavam à reforma do judiciário.

Busch e a esposa Felisberta frequentam os salões influentes da Corte, como o do Barão de Cotegipe. Tio de Fagundes Varella, o nobre advogado não se furta à leitura de *O evangelho das selvas* nos saraus literários do Colégio Pedro II, na companhia do Barão de Paranapiacaba. Celebrações que haviam de prefigurar o núcleo dos futuros encontros da Glória, onde suas teses sobre a educação dos meninos pobres e a liberdade dos negros receberiam discreto aplauso da Princesa Isabel.

Nutre pelo sobrinho um afeto, misto de inveja e embaraço. A publicidade em torno de seu nome era fonte de contínuos dissabores. Mais difícil para Busch seria perdoar-lhe o talento. Não ignora a alta qualidade poética do sobrinho, justo ele, que, como advogado, não esconde suas veleidades literárias, quando adentra as páginas de Monte Alverne e Junqueira Freire ao encalço de preciosas metáforas. A conferência que dedicou à libertação dos escravos traduz uma síntese desajeitada, a meio caminho de Fagundes e Castro Alves:

— Quando o raio fecunda as nuvens, iluminando com seu clarão fantástico os píncaros escalvados da montanha abrupta, quando o seu trêmulo ribombar acorda os ecos adormecidos na profundeza dos vales, seria louco rematado aquele que pretendesse embargar-lhe o voo vertiginoso.

Temos aqui a gramática do excesso e a mal explorada tonalidade em dó maior. Seja como for, o voo *vertiginoso e embargado* foi o de Fagundes Varella, sepultado no cemitério do Maruí, em 1875, bem próximo do túmulo de Charles Ribeyrolles, amigo de Machado, a cujos mortos dedicou mais de uma vez belos ensaios.

Fagundes venceu o triunfo do tempo, uma das vozes mais límpidas da poesia brasileira. Acabou assombrando para sempre a língua turva e desfibrada de seu tio.

# 11

Com base nos autos, o promotor público desenha a cena do crime, sem meias palavras, convencido da premeditação.

Fidalgo e cavaleiro, com 38 anos de idade, Firmo Diniz é a destemida voz da acusação. De estatura regular, cheio de corpo e largas as feições, lembra o tio Cosme de Bentinho. Bacharel pela Faculdade de Direito de São Paulo, desde 1852, morava naquele tempo na rua do Resende.

Para Firmo, o doutor Mariano deixou previamente separada a carteira de ferros cirúrgicos e, de bisturi em punho, *segurou a mola que tornou firme a lâmina*, desferindo golpes, que sabia fatais. Houve luta desigual entre vítima e assassino. O marido agarra a mulher pelos cabelos com a intenção de feri-la no lado esquerdo e na parte posterior do pescoço.

A promotoria insiste na intenção de matar. José Mariano preparou *a cena em que devia representar tão habilmente seu papel de assassino,* sabendo onde e como havia de matá-la.

Os gritos da vítima e a fúria do assassino ecoam pela casa. Esperidiana sobe às pressas, enquanto o homicida volta para o quarto, deixando sua mulher agonizante no corredor.

Quando a escrava acode, não havia mais tempo. Helena dera seu último suspiro.

## 12

Tratemos do réu com mais vagar. Não estamos dentro de um folhetim, dividido entre as hostes do bem e do mal. Não se trata de um monstro nem lhe faltam rasgos de generosidade como devo mostrar aqui.

José Mariano da Silva nasceu em 1824, na freguesia de São José, no coração da Corte. Filho do médico José Mariano e de Francisca de Assis, tem, como Helena, muitas irmãs, dentre as quais uma, cujo nome coincide com a mulher de Machado, Carolina Augusta, a que se seguem: Leopoldina Josefina, Maria Cândida e Deolinda Belarmina. Nomes de pompa e circunstância que evocam o Primeiro Reinado, a música do padre José Maurício e as máximas do Marquês de Maricá. José Mariano tinha ainda um irmão, sobre o qual não sei dizer palavra.

Casou-se aos 23 anos, ao terminar o curso de medicina no prédio do Castelo, antes que a Faculdade descesse para a Santa Casa de Misericórdia, na praia de Santa Luzia. Formou-se com os melhores professores do tempo, Torres Homem pai, Manuel Valadão, Luis Feijó e Francisco Xavier. Frequenta os livros de Bomtempo e Mazarem. Decidido pela clínica interna, defende, em dezembro de 1846, uma dissertação acerca das luxações do maxilar inferior.

Eram outros tempos, distantes dos atuais, quando se deflagrava uma guerra entre a Academia Imperial de Medicina e o Instituto Homeopático do Brasil. A Academia e a Faculdade eram naturalmente alopatas, mas as teses de Hanehmann faziam eco na cidade e abriam pequeno espaço nas farmácias e hospitais. Alguns membros da casa imperial mostraram-se abertos ao movimento, como fariam, mais tarde, a Princesa Isabel e o Conde d'Eu. Dentre a gente anônima, José Dias, agregado da família Santiago, sempre se declarou adepto da nova corrente. Acabou por renegá-la, contudo, no leito de morte, quando confessa a Bentinho:

— Em todas as escolas se morre. Demais, foram ideias da mocidade, que o tempo levou; converto-me à fé de meus pais. A alopatia é o catolicismo da Medicina.

Falo do agregado e vem-me, inevitável, a imagem de Dom Casmurro. Se desse ouvidos ao diálogo imaginário que teve com o Imperador, Bentinho seria médico, em vez de advogado. Disse-lhe Dom Pedro-fantasma:

— É uma bonita carreira. Temos médicos de primeira ordem, que podem ombrear com os melhores de outras terras. A medicina é uma grande ciência; basta só isso de dar a saúde aos outros, conhecer as moléstias, combatê-las, vencê-las.

Que longa digressão, a minha, tratar da medicina homeopata de José Dias, que nunca foi médico, e da fantasia do bacharel Bento Santiago, quando tento esboçar alguns traços de José Mariano da Silva. Não foram outros os sonhos vividos pelo marido de Helena? Que semelhança podia haver entre Bentinho e Mariano para que se curassem de si mesmos, segundo o princípio geral da homeopatia?

A vida de José Mariano divide-se entre a medicina e o amor de Helena, que é *o centro e a circunferência* de seus dias. Amor etéreo. Amor fervoroso, como lembra a defesa, com a mulher *a estremecer-lhe nos braços noites inteiras*. Dentre as dedicatórias da tese de José Mariano, impressiona a de Helena, quase premonitória: *tributo de amizade e veneração, lembranças que ainda mes-*

*mo além da campa gravadas ficarão dentro em minha alma.* De que campa se tratava? Uma versão nova de *Tristão e Isolda*, unidos na morte, ou seria talvez o desenho de um delito pressentido?

Mariano é generoso com os amigos e a família. Depois de perder a mãe, presta inteira assistência na morte de Maria Cândida, sua irmã, acometida de apoplexia fulminante, aos 28 anos. Honra as despesas do sepultamento, com *tochas, espaldar de lhama, vestido de filó branco de algodão, cinto de fita larga, palma e capela*. Nem por isso deixa de ajudar a família de Helena, cuja gratidão vai estampada no rosto de seus parentes.

Coube-lhe no formal de partilha um montante razoável: móveis, objetos de valor e dez escravos. Dentre os quais Esperidião, *cabra, 28 anos, marceneiro, 900 mil-réis*, natural da Bahia. Alforriado, o liberto seria uma das vozes cruciais no processo.

Mariano trabalha dia e noite. Médico dos hospitais da Santa Casa da Misericórdia, de São Francisco de Paula e do Carmo, além de cirurgião-mor do corpo da Polícia — onde é colega de Brás Martins, pai de Olavo Bilac, que mal completara 1 ano de idade. Mariano é agraciado com a Ordem de Cristo e também com a da Rosa, a mesma que Machado receberia em 1867.

Não erra Busch ao lembrar quanto seu cliente é conhecido e estimado na Corte pelas *consequentes provas de humanidade*. Ao fitar os jurados, acrescenta:

— Homem que em momento solene viu, em torno dele, erguer-se, compacta, uma legião de médicos, o que prova que há entre eles um laço indissolúvel, cimentado pela estima que lhe consagram, no conceito que formam de seu caráter.

Parece impossível associar a vida de um homem irrepreensível à morte de Helena. Como se houvesse um abismo entre o médico e o monstro. Importa saber, com Machado, se o Mariano da rua dos Barbonos já estava dentro do Mariano do morro do Castelo, ou se este *foi mudado por efeito de algum caso incidente*. Mistérios diante dos quais não cabe resposta, que decifre o crime bárbaro de que foi autor.

# 13

Paira sobre a rua dos Barbonos uma nuvem densa, que nem mesmo as orações dos capuchinhos puderam dissipar. Por volta de 1842, os frades deixam a rua — que era, por assim dizer, deles, tal como o povo a batizara — e sobem, levando consigo as longas barbas, ao morro do Castelo, com a missão de salvar a antiga Sé. Trabalham sem descanso. Elevam as paredes da igreja e da capela principal. Abrem janelas nos muros laterais, refazem os forros, assoalhos, grades e portas.

Sobem. E cumprem com galhardia sua tarefa, mas a nuvem permanece baixa e densa.

Não há muitas citações luminosas sobre a rua dos Barbonos, como a que aflora nos versos de Francisco Otaviano:

*Lembra-me aquele canto do meu quarto
de onde, alongando os olhos avistava
os alterosos Órgãos, e mais perto
de São Lourenço e São Francisco os topes.
Para descanso da arroubada mente
um quadrado de casas se interpunha
entre mim e essa esplêndida baía.*

Após os crimes que mancharam, e por duas vezes, o número 22 da rua dos Barbonos, crimes de honra e sangue, as boas citações tornam-se rarefeitas. Some-se a isso a roda dos enjeitados, que surge no conto de Machado de Assis, a que se destinam as crianças recém-nascidas para o cuidado de terceiros. Uma casa prenhe de significação, tornando mais sombria aquela parte da cidade.

Ainda em Machado, a rua dos Barbonos responde por um cenário negativo, na angústia de Bentinho pela saúde de dona Glória:

— Era a primeira vez que a morte me aparecia assim perto, me envolvia, me encarava com os olhos furados e escuros. Quanto mais andava aquela rua dos Barbonos, mais me aterrava a ideia de chegar à casa, de entrar, de ouvir os prantos, de ver um corpo defunto.

Os olhos furados da morte prenunciam um endereço infelizmente célebre. Mas o delírio de Bento Santiago havia de associar-se outra vez, e de forma cruel, àquela mesma rua, após o ciúme do cavaleiro da janela de Capitu, que estava de casamento marcado com uma certa moradora dos Barbonos.

Três anos depois da morte de Helena — que é quando se passa o conto "A Cartomante" — Machado não perde ocasião de criar um triângulo amoroso entre Vilela, Rita e Camilo. *Três nomes e uma aventura*, ilícita, que havia de incorrer em vários artigos do código criminal. Os encontros da senhora com Camilo têm como cenário aquelas casas. Certo dia, o amante de Rita recebe um bilhete de Vilela: *Vem já, já, à nossa casa; preciso falar-te sem demora.*

Camilo obedece de pronto, movido por um temporal de angústia e medo. Abre a porta de ferro do jardim e a casa aparece mergulhada numa paz de quartzo. Tem diante de si uma escada.

Todo crime que se preza tem diante de si uma escada e não seria diferente com José Mariano.

Camilo sobe seis degraus e, de súbito, estaca, logo que Vilela surge, com as *feições decompostas*. Sem dizer palavra, faz-lhe um gesto para que adentre a saleta. *Camilo não pôde sufocar um grito de terror: ao fundo sobre o canapé, estava Rita morta e ensanguentada.*

Não faltam hemácias, portanto, nas páginas de Machado. Um bom número, talvez. O sangue sempre e por toda a parte.

Sangue. E mais sangue.

Mas não para na morte de Rita. *Vilela pegou* Camilo *pela gola, e, com dois tiros de revólver, estirou-o morto no chão.*

Onde Mariano não praticou mais de um crime, Vilela não deixa ilesa nenhuma das partes. Como insiste Firmo Diniz, para deixar bem clara a vilania praticada, o médico-cirurgião não buscou desforra contra o presumido amante de Helena. Deu-se por satisfeito ao vingar-se da parte mais fraca.

Seria possível continuar Barbonos adentro, com Machado, evidenciando o mal-estar que provém daquela rua, bem mais nítido para os olhos profundos do autor de *Dom Casmurro*.

E bem a propósito de olhos, Machado, que os tinha míopes, evoca um episódio que ouviu na infância, o de *um médico que restituía a vista a quem a houvesse perdido*, radicado na rua dos Barbonos, 26. Com aquele médico bizarro, aparentado com a cartomante da rua da Guarda Velha, é que deviam marcar consulta Bentinho e Mariano. *Similia similibus curantur.* Um profissional que lhes restituísse a visão ou recuperasse as lentes embaçadas com que pensaram atingir a verdade, profanando-a.

# 14

Os agregados são uma das muitas semelhanças entre as famílias Silva e Santiago. Tudo começa a partir deles. E do lugar ambíguo que ocupam dentro de casa. Não são escravos, mas pouco acima de. Mostram-se gratos à família que os acolhe e prestam serviços de toda a sorte. Quase parentes. E menos que amigos. Parasitas. Hospedeiros. Vivem os sonhos de seus amos, equilibrando-se nos fios de uma vida incerta, onde a esfera do desejo se alcança apenas quando sancionado pela família. Donde a ambiguidade de suas palavras, misto de raiva e gratidão, nas aparências de um amor rudimentar.

Esse é o caso relativo de José Dias, no terreno incerto das ideias, no cálculo dos passos, a gravata de aço e as presilhas, como se fosse um precário silogismo. Conspira a favor das figuras fortes da casa. Procura secundá-las, dentro de uma lógica da eficácia, que lhe renove o patrocínio.

De José Dias veio a *ponta de Iago*, a que dilacerou o coração de Bentinho, quando o agregado retrata o espírito de Capitu:

— Tem andado alegre, como sempre; é uma tontinha. Aquilo, enquanto não pegar algum peralta da vizinhança, que case com ela...

A insinuação foi o *espinho do ciúme que começou a rasgar-lhe o coração*. Tais as palavras de Busch Varella acerca da *fatal descoberta* de José Mariano, a presença perigosa e sub-reptícia do *peralta da vizinhança*.

De acordo com os autos, havia uma agregada na casa de José Mariano: Leonor Eufrosina do Amor Divino. Vinte e três anos, originária da Corte, dentre cujos dotes manuais despontam o bordado e a costura. Leonor previne o médico para cuidar melhor da casa, *mostrando-lhe aberta a porta da sala de visitas*. Mariano empalidece como Bentinho. Corre-lhe *um frio pelo corpo. Um violento bater de coração. Um sentimento cruel e*, até então, *desconhecido*. É o que se presume das duas histórias, que, ao fim e ao cabo, se entrelaçam.

Não é lícito atribuir a culpa da tragédia dos Silva a Leonor e nem tampouco os escrúpulos de Bentinho a José Dias. As consequências são de fundo assimétrico. E irrefragável. Os agregados incitam a suspeita, alimentando-a, cada qual a seu modo, mas o resto não depende senão de Bentinho e Mariano.

Eufrosina *surpreendeu* Helena em conversas com o vizinho em mais de uma janela. Viu-se obrigada a dizer-lhe que mudasse de vida. Censurou também o indivíduo que se achava na parte dos fundos:

— Seu procedimento é infame, o senhor quer descasar dois bem casados. Eu me vejo obrigada a comunicar tudo ao doutor José Mariano, para dar fim a esse escândalo.

Existiu porventura esse homem; qual o seu nome; era de fato um peralta destemido, um leão da rua do Ouvidor; ou tudo não passava de um fantasma criado pela defesa para confundir os jurados?

# 15

Quantas imagens errantes, quantos fantasmas escondidos nessa história, cheia de sombra e névoa, justo quando Machado de Assis começava a regrar suas paixões.

Carolina Augusta Xavier de Novais chega à Corte em 18 de junho de 1868, a bordo do navio *Estrémadure*. Trinta e três anos de idade. Viera cuidar do irmão, Faustino Xavier, cuja saúde mental se agravara. Carolina traz um segredo, uma desilusão amorosa, talvez, algo que tornou sua vida impossível na cidade do Porto. *Um drama de família em que escapou de ser vítima*, nas palavras de Arthur Napoleão. E mais não sabemos. Depois de conhecê-la, Machado surpreende-lhe um dote que realçava todos os demais, o sofrimento:

— É minha ambição dizer à tua grande alma desanimada: "levanta-te, crê e ama; aqui está uma alma que te compreende e que te ama *também*". A responsabilidade de fazer-te feliz é decerto melindrosa; mas eu aceito-a com alegria, e estou que saberei desempenhar este agradável encargo.

Faustino desata um pranto comovido ao ver a irmã. O encontro acontece na casa da filha da Baronesa de Taquari. Seguem pouco tempo depois para a casa de Petrópolis, mas a doença de Faustino não dá trégua.

Saudoso de Carolina, Machado quer trazê-la de volta com o irmão para as Laranjeiras. *A casa há de encontrar-se, porque se empenha nisto o meu coração*. Um detalhe delicioso? Carolina não teria tanto medo na Corte dos relâmpagos e trovões, ela, *que ainda não estava bem brasileira*.

Havia algo de incerto no que Machado e Carolina viveram antes de se conhecerem. A pedido da futura esposa, Machado resume a *história* de seu *coração*. Dois amores: um correspondido e outro não. Uma senhora o obrigou a terminar aquele primeiro *amor sombrio*. Corina referia-se apenas ao segundo amor, jamais correspondido. Machado repete como Madame de Staël que os primeiros amores são mais frágeis porque nascem da simples necessidade de amar. Diz a Carolina:

— Tu não te pareces nada com as mulheres vulgares que tenho conhecido. Espírito e coração como os teus são prendas raras; alma tão boa e tão elevada, sensibilidade tão melindrosa, razão tão reta não são bens que a natureza espalhasse às mãos cheias do teu sexo. Tu pertences ao pequeno número de mulheres que ainda sabem amar e sentir e pensar.

Era o prefácio de um mundo novo. Os fantasmas do ciúme, se não davam trégua, pareciam pouco mais atenuados. A menos que não insistissem, de modo mais sutil. Machado e Carolina se casaram na casa dos Condes de São Mamede, no Cosme Velho, quatro anos depois do matrimônio de Capitu, em 12 de novembro de 1869.

A três anos de distância do crime da rua dos Barbonos.

# 16

Que Helena Augusta trocasse palavras com o vizinho parece ponto pacífico para a defesa. Não seria esta uma simples insinuação, como se presume ter sido a de José Dias, com respeito a Capitu, ou acaso chegou a ocorrer um diálogo, inocente e fugaz, entre os dois? Havia nisso algo que pudesse manchar a honra, até então ilibada, de Helena Augusta?

A janela dos Barbonos guarda belas analogias com a de Matacavalos. A de Capitu parece mais baixa e mais próxima da rua. Tinha por vizinhos e amigos a família Santiago. Havia comunicação entre os quintais: uma porta sem chave ou taramela, que se abria no meio do muro, movida com o peso de uma pedra, por cuja passagem se moviam livremente Bentinho e Capitolina.

Diante da janela de Capitu, persiste o enigma do cavaleiro do campo de Santana, com o qual a namorada de Bentinho teria trocado olhares suspeitos:

Grande injúria, redarguiu a jovem, não podia crer que, depois da nossa troca de juramentos, tão leviana a julgasse.

*E aqui romperam-lhe lágrimas.*

Capitu disse não conhecer o rapaz do alazão, como também nada sabia dos que passavam de tarde. Olhou para o cavaleiro? Eis a prova cabal de que não havia nada entre os dois. O jovem *ia casar com uma moça da rua dos Barbonos*, detalhe suficiente para resfriar o ciúme de Bentinho. Se ele quisesse, Capitu deixaria de ir à janela, evitando assim outro equívoco.

— *Não! Não! Não! Não lhe peço isto!*

Devo dizer que algo não se enquadra bem nesse episódio. Como sabia Capitu que o cavaleiro estava para se casar e com uma certa moça da rua dos Barbonos? Teriam conversado na janela, ou, quem sabe, a notícia havia chegado através de terceiros?

Bentinho — *advogado* de *uma banca célebre* — lança detalhes aparentemente descosidos, como se nada fossem, tal como o jovem namorado, que, em matéria de linha e costura, andava, este sim, bem *cosido* às *saias* de Capitu.

O cavaleiro seria por acaso Raimundo Martiniano, bacharel dos telhados, homem de paixões violentas e que pôs a perder, segundo a defesa, a honra da família Silva, a partir de uma fatídica janela?

Cruzo as histórias e não me decido pela mais cruel.

## 17

O tribunal do júri é seguido na imprensa como um folhetim sedutor. Tanto ou mais lido e segundo as regras inerentes ao gênero: a luta sem trégua do bem contra o mal, além de corte, suspense e desenlace. Folhetim pouco mais fechado e quiçá menos rocambolesco que as novelas publicadas no *Diário do Rio de Janeiro*, exigindo ao mesmo tempo entrega apaixonada e crítica serena.

Colunas inteiras na primeira página do *Jornal do Commercio* reproduzem tudo que se passa no tribunal: vaias, aplausos, palavras e sussurros, como se fosse uma partitura, riscada de rubricas, sob uma chuva torrencial de *apoiados*, *muito bem*, *público exaltado*, *entusiástico aplauso* e o refrão de sempre, praticamente inútil, pronunciado repetidas vezes pelo juiz: *silêncio no tribunal!*

José Dias também não perde as defesas do doutor Cosme no Aljube. O agregado veste e retira a toga do tio de Bentinho, *com muitos cumprimentos no fim*. Assim, também, no dia 15 de dezembro de 1866, formou-se uma compacta multidão às portas do tribunal, onde José Mariano seria julgado. Esperavam que *se descerrasse o vestíbulo do templo da justiça*, diante de um drama, que abalara o coração do Império. Multiplicam-se os debates. Pululam cartas anônimas. A vida não passava de um romance. Muitas novelas partiam de casos criminais, para desespero de Joaquim Manuel de Macedo:

— Já não se imagina, copia-se, toma-se o chapéu e a bengala, passeia-se pelas ruas, visitam-se os amigos, espreita-se o que se passa na casa alheia, escreve-se o que se observou, e está feito o romance.

Obras anfíbias, portanto, entre a ficção e a realidade, boa parte das quais redigida a partir de processos clamorosos, como o do homicida Pontes Visgueiro, que não deixou de produzir variantes ficcionais. Dizem que o fantasma do criminoso aparece nas noites de Lua cheia nas encruzilhadas de São Luís.

De um famoso processo, Aluísio de Azevedo tirou *Casa de pensão*, romance bem documentado, a que acrescenta uma série de timbres ficcionais. Busch teve papel de relevo no caso que inspirou o jovem romancista. E Aluísio não se saiu mal. Seu maior desafio foi o de transfigurar o crime para condensá-lo nas malhas da ficção, como se o processo levasse à proto-história de uma narrativa maior.

Como quem extrai a melodia de um pobre realejo para traduzi-la na partitura refinada de uma orquestra de câmara.

Antes de *Casa de pensão*, houve um autor renomado que cogitou a possibilidade de um romance, que girava em torno de um crime famoso. Mas não se decidiu antes de completar 60 anos.

# 18

A intangível figura de Helena está presa nas teias de uma conspiração regida pela defesa. Culpada ou inocente, é impossível ouvir-lhe a voz, ou pelo menos o volume de silêncio em que parece cada vez mais isolada.

Bentinho deixou-se levar facilmente pelo agregado. Não reflete. Não duvida. A suspeita é já uma acusação. *Se você acha que não tenho defesa*, diria Capitu, quase no fim do romance. Mariano, todavia, procura resistir. Não vê algo de errado com a porta da sala. Mas o que espanta no processo é a sucessão de vozes, onde parece afogar-se a vítima.

Após a confissão de Leonor, foi a vez do liberto Esperidião. Cai de joelhos diante de José Mariano e confirma o que acabara de ouvir:

— Meu senhor está traído por minha senhora. Esse homem que veio residir aqui ao pé pratica atos que causam riso à vizinhança e que o desonram. Ontem, à noite, na ausência de meu senhor, esse homem entrou na sala e esteve com minha senhora.

De acordo com os autos, Esperidião surpreendera Raimundo no quintal, junto ao muro, enquanto Helena se escondia sob o caramanchão. Quase o idílio de *Senhora*, quando Aurélia Camargo *conduziu o marido a um caramanchão que havia no meio da chácara*. Idílio perfeito, não fosse Helena Augusta uma mulher casada.

Importa à defesa relevar a incredulidade e a resistência do réu. Mariano diz ao liberto, *não sem resquícios de perplexidade*, que iria averiguar tudo pessoalmente. Deixando a casa, encontra Esperidiana, a quem indaga se notara algo de estranho com sua mulher. Após *ligeira hesitação*, responde que Helena traía o marido com um *malvado da vizinhança*.

— Minha senhora está com a cabeça inteiramente perdida.

A confidente de Helena confirma o que Mariano também acabara de ouvir de Gustavo, responsável pela porta da sala e pela cozinha: um homem entrou no sábado, deixando a casa por volta da meia noite, pouco antes que Mariano voltasse do baile do Eldorado.

Segundo a defesa, Helena mostrou-se agitada e fria com o marido no sábado. Afogado de tristeza, Mariano procurou dissolver a mágoa que o oprimia. Helena busca tranquilizá-lo: *sossegue o espírito, tudo isso é falso*. Conheciam-se havia mais de vinte anos. Ela o amava e sua família era-lhe grata por tudo o que ele fizera para ajudá-los.

Pouco depois, o sono pesado de Helena contrasta com a insônia de José Mariano, que passa a noite em claro.

Tantas vozes contra dona Helena, tão bem ensaiadas, com o timbre e o sotaque da defesa. Seriam testemunhas de aluguel, como disse Bentinho, em outro contexto, onde tudo não passa de simples *questão de preço*?

Precipitado dizer que sim. A história faz pensar em muitas criadas, como a perigosa Juliana, de *O primo Basílio*, ameaçando Luísa, esposa que descumpriu os votos de fidelidade — que é o que não podemos afirmar com segurança a respeito de Helena ou de Capitu. Impossível não citar a crítica de Machado ao romance de Eça, extensivo, ao que parece, ao quadro das vozes que se levantam no processo contra Helena Augusta:

— A boa escolha dos fâmulos é condição de paz no adultério.

## 19

No capítulo 75 de *Dom Casmurro*, Bento Santiago repassa as estações do ciúme. Insuflado, a princípio, por José Dias e aguçado, pouco depois, pela figura de um misterioso cavaleiro — *firme na sela, rédea na mão esquerda, a direita à cinta, botas de verniz, figura e postura esbeltas*. O janota vinha do campo de Santana e, segundo parecer de Bentinho, Capitu não lhe era de todo insensível. Eis o *segundo dente do ciúme*, mordendo Dom Casmurro que, mais uma vez, não hesita em degradar Helena, digo, Capitu.

Corre ao quarto, afogado em desespero:

— Eu falava-me, eu perseguia-me, eu atirava-me à cama, e rolava comigo, e chorava, e abafava os soluços com a ponta do lençol. Jurei não ir ver Capitu aquela tarde, nem nunca mais...

A visível agitação de Bento Santiago parece transudar o drama da gente Silva, não pela referência ao campo de Santana, onde se casaram, na igreja homônima, Helena e Mariano, mas pela desforra imaginária de Bentinho — entre a ponta do lençol e a de Iago.

O médico-cirurgião matou a mulher, desferindo no pescoço golpes de bisturi. A defesa teve de trabalhar duramente para desfazer o horror que se espalhara na opinião pública, causado pelo uso deplorável do instrumento. O promotor não se faz de rogado e evidencia a brutal contradição. Mas a defesa rebate:

— Porventura havia de atacá-la com unhas e dentes? O primeiro que encontrou foi o bisturi.

O demônio vive nos detalhes. Naquele mesmo capítulo de *Dom Casmurro*, surge, nos lábios de Bentinho, um desejo de vingança imediata, quando confessa:

— A vontade que me dava era cravar-lhe as unhas no pescoço, enterrá-las bem, até ver-lhe sair a vida como o sangue...

O laudo pericial não deixa dúvida quanto ao sangue que se perde com a vida, conforme a leitura feita no tribunal:

— Um grande ferimento inciso de duas polegadas e meia de extensão, no lado esquerdo do pescoço.

E mais:

— O ferimento interessa até a metade das fibras do músculo esterno, achando-se a veia jugular largamente aberta, a carótida primitiva intacta, podendo-se chegar com os dedos introduzidos na ferida até as apófises transversais...

Imagem drástica, mas necessária.

Mariano, digo, Bentinho, sonhou fazer justiça com as próprias mãos. Poderia ter usado um aparelho cortante, em vez das unhas? Se apertasse a mola de um bisturi havia de juntar as pontas de sua vida com a de Mariano, que é o que proponho nestas páginas. Mas para isso Bento Santiago teria de ser médico.

Seja como for, o que passou em brancas nuvens para muitos leitores — o ciúme bizarro de um adolescente, atacando com as unhas o pescoço de uma jovem — cai agora como um raio.

## 20

A vida *em brancas nuvens* é um verso de Francisco Otaviano, amigo a que Machado de Assis chamou de ateniense. Poderia abrir aqui um capítulo sobre a história de seu amor. O casamento com dona Eponina, sua amizade com Pedro II, mas iria longe demais e acabaria retomando o tom do primeiro capítulo.

A suspeita abate José Mariano. Mostra-se sombrio e taciturno. No sábado, 3 de novembro, o coronel Duarte, comandante do corpo de polícia e amigo de Mariano, voltava de um passeio com a família, quando encontra o médico no quartel. Pergunta, surpreso:

— Temos algum doente, doutor?

Mariano responde com ar aflito que não. Precisava falar-lhe com urgência. Duarte dá-lhe o braço e procura retirá-lo da vista dos praças. Seu amigo desabafa:

— Ah, meu comandante, meu amigo, o senhor é a única pessoa a quem me chego para comunicar-lhe minha desgraça e suplicar-lhe que me ampare. A desonra entrou em minha casa...
Duarte considera impossível a hipótese de traição. Procura acalmar José Mariano, invocando o passado sem mácula de Helena por quase vinte anos. Não arriscasse pôr em dúvida a fidelidade da esposa. Não criasse uma cena, diante da qual não tivesse pleno domínio.

Poucas palavras mais e o coronel firma convicção de que havia dissolvido a angústia de José Mariano. Iriam de noite ao baile do Eldorado em homenagem ao comandante do sexto batalhão.

Surge nesse quesito uma contradição entre a defesa e a promotoria. Segundo Busch, José Mariano convidou Helena para o baile, ao que ela, *pretextando motivos fúteis*, decide não ir. A recusa da mulher era essencial para a defesa, como se a esposa adúltera aguardasse em casa o comborço do marido.

Segundo o promotor, a noite no Eldorado não incluía Helena. Deixava em aberto o fato de os oficiais buscarem divertimento, como o Vasconcelos de "O segredo de Augusta", de Machado de Assis, onde se inverte a suspeita, que passa do marido infiel para a recatada esposa, conto impresso dois anos depois da morte de dona Helena.

O Eldorado fica na rua da Ajuda, em um lado do hotel Brisson, aberto até meia-noite. Servem *bière, vins de toutes qualités, saucisson, poulets, sardines*. O Brisson e o Alcazar Lírico conjugam prazeres picantes.

Como ponto alto do programa, o Eldorado apresenta *les cancans du quartier*.

Nas palavras de Firmo Diniz, Mariano e o coronel voltam para casa por volta da meia-noite. Helena, como vimos, recebe o marido com indiferença no leito conjugal, atribuindo-lhe a *saída a alguma entrevista amorosa*.

Já, segundo a defesa...

# 21

— Silêncio! Silêncio no tribunal! Voltemos ao bisturi. Com a palavra, o promotor Firmo Diniz.

— Assassinato tanto mais bárbaro quanto é certo que seu autor era um médico, que não duvidou fazer uso do instrumento da ciência, que lhe fora confiado para salvar vidas, entregando-o, como ferro homicida, para ferir uma mísera mulher, em lugar onde sabia que o ferimento seria necessariamente mortal.

— Doutor Busch Varella, tenha a bondade.

— E, porventura, o bisturi será o instrumento mais próprio, mais adaptado para cometer um crime desta ordem? Foi a arma que achou diante de si, porque estava mais perto; ele não tinha liberdade de escolha, se tivesse, e pudesse pensar e refletir, iria procurar outro gênero de castigo para infligir à esposa; então a razão teria tido tempo de readquirir seu domínio, então essa vingança dar-se-ia estupenda, então a inteligência cobraria seus foros e ele não teria cometido um homicídio.

A defesa pretende assegurar a honra do bisturi e desenhar a forte emoção do marido. Era uma forma de preservar também o futuro profissional do réu. Na tese de Mariano sobre a luxação do maxilar inferior (região que fica ao norte do pescoço), encontra-se um aforismo de Hipócrates: *quae medicamenta non sanat, ea ferrum sanat*. Quando os remédios não curam, cabe ao ferro trazer de volta a saúde.

Voltemos a Busch, no debate com o promotor:

— Tenho ouvido mais de uma pessoa dizer isso, mas ainda não compreendo a razão por que se afirma que o doutor José Mariano aviltou esse ferro, empregando-o em desafrontar a sua honra, que tinha sido tão torpe e tão perfidamente ultrajada; ele o desonraria se porventura o tivesse empregado a sangue-frio, se durante o sono procurasse abrir uma veia e deixasse que ela se esvaísse, por um desses modos que a ciência lhe aconselhasse e estavam ao seu alcance. Porventura um homem, que se via insultado, repentinamente trata de examinar, pelo desenho, pela pintura, que o vaso que tem diante de si é de fina porcelana de Sèvres ou de barro? Não, o atira imediatamente na cabeça do agressor, pois o doutor José Mariano não teria tempo de procurar qualquer outro instrumento, era preciso que se desforrasse incontinente.

Todo um jogo de apostas. Era preciso que se desforrasse naquela proporção dolorosa? Barro ou Sèvres? Aorta ou carótida? Porto ou champanhe? Desde que a honra do cirurgião saísse ilesa, dava no mesmo.

— Silêncio! Silêncio no tribunal!

## 22

José Mariano foi sozinho ao baile. No script da defesa, o marido convida a esposa a acompanhá-lo. Ela se recusa, alegando *motivos fúteis*. Que Mariano fosse ao Eldorado e não se preocupasse. Ficaria bem em casa.

Naquela mesma noite o suposto amante de Helena...

Outra ressonância com *Dom Casmurro*: Bentinho e Capitu iam sempre juntos ao teatro, duas vezes não desfrutaram da mútua companhia, como na estreia de uma ópera. Capitu não foi, não estava bem, *queixava-se da cabeça e do estômago*. Generosa, disse a Bentinho que não perdesse por nada o espetáculo. Ele reluta quanto pode, consentindo somente para não aborrecer Capitu. Vai ao teatro, mas não assiste ao segundo ato, preocupado como estava com a saúde da esposa.

Volta mais cedo para casa e encontra, no corredor, ninguém menos que Escobar.

Como insistem artérias e corredores nos crimes passionais!

Capitu havia recuperado a saúde, tudo não passara de uma ligeira dor de cabeça.

Jurou que era a pura verdade.

## 23

Na manhã de terça-feira, Duarte *toma o boné* e vai à casa de Mariano para falar com dona Helena, a pedido da esposa do médico. O *indiferentismo* da mulher renovara, uma vez mais, as suspeitas do marido. Helena solicitara aquela entrevista coberta de vergonha:

— Eu ainda não esqueci que meu marido me tirou da miséria, fazendo de mim uma senhora por todos respeitada...

Acrescentou que ia ao teatro, bailes e reuniões, que ela mesma escolhia. Mariano buscava secundar-lhe todos os desejos.

Meu marido carregou as despesas de minha numerosa família, e quando não fosse por dever, ao menos por gratidão, eu nunca me apartaria da senda traçada às mulheres honestas.

Duarte aconselha ao casal um ou dois meses fora da Corte, para que voltem mais unidos, como sempre viveram.

Em torno das onze, de volta ao quartel, o velho soldado manda chamar o médico. Dá-lhe um abraço de alívio e alegria. Mariano havia sido injusto com Helena:

— Volte, vá pedir-lhe perdão, reconcilie-se porque ela é pura, é inocente.

Eram suspeitas infundadas, mentiras produzidas pela gente da casa para algum *fim ignóbil*. Do alto de sua experiência, Duarte tem certeza de que era um caso de conspiração. Desconhecia quem fosse o *cabeça*, mas dava como certo que todos participavam daquela teia de intrigas. Por que não iam passar alguns meses longe da rua dos Barbonos, como, por exemplo, na praia de São Domingos? Iriam a *título de banhos*. Na volta, mudariam de endereço, reformando inclusive o pessoal da casa. Ao que Mariano responde:

— Meu amigo, você foi meu anjo da guarda, que teve o poder de me dirigir neste labirinto em que eu estava e de restituir a paz a um casal que há dezenove anos se amava com todas as forças do seu coração.

Bizarro o estilo de Duarte, menos inflado que o de Busch. O coronel flertava com as musas... No fim daquela tarde Duarte foi ao que sobrava da Sociedade Petalógica, no Rossio, outrora frequentada por Machado, Caetano Filgueiras e Casimiro de Abreu.

Tendo ou não o favor das musas, a defesa não podia desqualificar a testemunha, *de cujos lábios se precipita o coração,* no *rosto aberto,* na *franqueza do soldado.* Para Busch, o coronel fora uma vítima da astúcia de Helena.

— Essa mulher perdida que acabava de apunhalar o marido [delicioso contraponto ao bisturi, esse punhal invisível] naquilo que tinha de mais caro, essa mulher que abusara da confiança que ele depositara nela, que havia roubado traiçoeiramente a honra de um homem puro e ilibado...

[entusiásticos e prolongados aplausos]

## 24

Houve eclipse da Lua da noite de 30 para 31 de março de 1866. Blanqui olhou para o céu, ponderando a morte e o nascimento das massas estelares. O universo laplaciano, em perene expansão, faz das estrelas rainhas e escravas do próprio esplendor. Blanqui visita os infinitos parciais e o grande infinito. Aventa a hipótese de que o mundo produza um número incalculável de sósias. Milhares de helenas, bentinhos, marianos. E ciclopes. Precisava demonstrar cientificamente essa intuição. Ainda não publicara *A eternidade pelos astros*, todo voltado, como estava, para a Comuna de Paris. Para não perder o esboço das ideias, anota:

— Se alguém, porventura, interrogasse as regiões celestes *para* lhes perguntar seu segredo, milhares de sósias ergueriam ao mesmo tempo os olhos com a mesma pergunta no pensamento e seus olhares se cruzariam invisíveis.

O Sol entrava em Sagitário no dia 22 de novembro de 1866, às nove horas, cinco minutos e 52 segundos da manhã, quando, segundo a defesa, Mariano acabou de recuperar a razão. Cada estrela, nas imensas planícies de Sagitário, é rainha e escrava de seu esplendor.

## 25

Sob o céu de fim de tarde daquela terça-feira, com o ocaso cobrindo as velhas casas de vermelho, o médico parece convencido da pureza de Helena.

Mariano abraça a esposa, *que o recebe com reserva*. A história descerra um novo capítulo. O *aguilhão do remorso começava a pungir-lhe o coração*. Mas as palavras da defesa, como de hábito, mostram-se ambíguas.

O folhetim judiciário realiza uma parada estratégica. Diminui o ritmo, para precipitar depois, com espantosa veemência, o trágico desfecho. Não sem antes desenhar, em traços largos, a suposta *grandeza* do réu, que aumenta na razão inversa da *monstruosidade* da vítima. Eis alguns traços da semântica da insinuação, de que era mestre Bento Santiago. Mas em estado larval aqui, para não dizer primitivo, segundo as possibilidades do doutor Busch.

O casal encontra-se à mesa de jantar pouco antes da hora do Ângelus. O diálogo criado para Helena é dissonante. Para Mariano o bacharel dos telhados iguala-se a uma infecção perigosa. Sugere por isso um período de quarentena. Palavras ambíguas, movediças, como se aludissem a um projeto de conciliação na dramaturgia pobre de Busch, quando reconstitui as palavras de Mariano:

— É preciso que nos retiremos do Rio de Janeiro. Temos na vizinhança um miserável, um desses entes infames e baixos, uma espécie de cogumelo que brota dos esterqueiros, que infecciona o ar que respiramos, e atrai sobre a sua reputação [de Helena], até aqui irrepreensível, murmúrios de descrédito...

[aplausos vivos e prolongados abafam a voz do orador]

Busch-Mariano pretende salvaguardar a honra da família, assegurada como estava, ou parecia estar, a inocência da esposa:

— Saiamos do Rio de Janeiro. Vamos passar alguns meses em São Domingos, ali estaremos tranquilos durante os meses de verão; esqueceremos as nuvens que toldam o horizonte plácido de nossa existência; voltaremos depois. Tomaremos outra casa bem longe daqui.

Eis o desenho da nova lua de mel na Praia Grande, na outra margem da baía de Niterói. Sem nuvens no horizonte. Como o idílio da infância de Bento e Capitu. Mariano havia de trajar paletó de linho, chapéu de palha, enquanto Helena usaria vestidos de baeta azul, reservando ao esposo a liturgia do pé, que é bem o *índice do livro feminino*. Sapatos rasos, como as sandálias circassianas, *que resguardam o pé das pedras miúdas e das conchas da praia, mas que o deixam descoberto*, segundo uma novela antiga.

A baía de Niterói sem nuvens, em horizonte plácido e sereno? A viagem seria para outra São Domingos, a eterna, da qual não se volta.

## 26

Para Machado o tempo é um *insigne alquimista*, a promover, dentro do vasto laboratório em que vivemos, um número incontido de combinações. O argumento químico também foi essencial para a cosmologia de Blanqui. Apesar das diferenças, Machado e o filósofo não iam longe no interesse da dimensão da História e nas possíveis formas de sobrevida. *Homens do século XIX, a hora de vossas aparições está marcada para sempre!* Machado não aposta claramente na teoria dos sósias, que lhe pareceria um delírio típico de Quincas Borba, mas não deixa de sentir o impacto da caducidade das coisas.

Ao publicar suas obras completas, Monte Alverne critica no prefácio o descaso de seus patrícios com a glória. A vida dos homens não se distinguia da vida dos insetos:

— Contentes de ostentar aos raios de sol seu magnífico esmalte de azul e ouro, brincam, folgam, gozam, morrem sem curarem do futuro.

Para Monte Alverne, os homens lutam por uma vaidade efêmera, que não resiste ao tempo. Seria preciso chegar ao livro dos homens e ao livro de Deus.

Havia que registrar todos os corpos que naufragam sobre a Terra, bem como as coisas que se perdem, as sedas e os brincos, os xales de Helena e os anéis de Capitu, como e por que os homens usam relógio e bengala, a queda de Zacarias e a vitória do Riachuelo.

A vasta conjunção da história *íntima e pública* constitui o sentimento da obra de Machado, por onde também passam insetos, dos besouros de Monte Alverne à borboleta de Brás Cubas. Nas páginas de Machado os homens folgam, sofrem e expiram. Como José Dias, diante de um céu *lindíssimo. Em todas as escolas se morre.* E em todos os graus do adjetivo.

Como adivinhar o rosto de uma jovem de 16 anos, que se contempla no espelho, cercada de mistério, como Helena Augusta, a egípcia, de beleza indecifrável?

A História é o centro de um mundo épico. O singular e o irrepetível morrem no oceano do tempo. Apenas a ficção há de ser o anjo da guarda das formas individuais, a memória de uma paisagem agostiniana. Machado aconselha:

— Deixai pingar os anos na cuba de um século. Cheio o século, passa o livro a documento histórico, psicológico, anedótico. Hão de lê-lo a frio; estudar-se-á nele a vida íntima do nosso tempo, a maneira de amar, a de compor os ministérios e deitá-los abaixo, se as mulheres eram mais animosas que dissimuladas, como é que se faziam eleições e galanteios, se eram usados xales ou capas, que veículos tínhamos, se os relógios eram trazidos à direita ou à esquerda, e multidão de coisas interessantes para a nossa história pública e íntima.

A inesgotável multidão das coisas inscrita no livro dos homens consola o espírito, diante do abismo. Quanto a mim, deixo pingar também neste caderno as lembranças do século que termina. Traduzo a beleza de Helena Augusta, como um pequeno ponto luminoso na corrente das massas estelares, na incessante mutação das coisas, ouro e azul, inseto e esmalte, escrava e senhora do próprio esplendor.

## 27

 

Mariano dá como certo que, depois de São Domingos, deixariam a rua dos Barbonos, com a reforma do pessoal da casa. A pergunta de Helena atravessa-lhe, qual lâmina, o coração, tal como ele havia de perfurar-lhe o pescoço:

— Todos? — indaga a mulher.

— Todos.

— Esperidiana também?

— E por que não Esperidiana? — pergunta José Mariano, com suspeita crescente.

— Ela é amiga mais que uma escrava. Conhece toda a minha vida. Nada do que me diz respeito lhe é reservado.

As palavras de Busch, impostas ao fantoche de Helena, tornam mais agudo *o espinho pungente do ciúme* que *começava a rasgar de novo o coração* de Mariano. E uma nova redundância para que os jurados não tivessem a menor dúvida do que falavam os títeres:

— Então o que disser Esperidiana é verdade? Pode-se acreditar nela?

Helena balbuciou um sim, completando:

Por que não?

Sem saber, e com apenas três palavras, Helena acabava de lavrar sua sentença de morte.

# 28

Fugitivo. Misterioso. O morro do Castelo, início de nossa história, com suas raízes quinhentistas, em cujas alturas se confundem os passeios de Macedo e Machado. Subiram mais de uma vez, acompanhados ou não de suas personagens, quando não eram estas que, sozinhas, subiam o morro, levadas pela fé ou pela ciência, atrás de namoro, procissão, bênção dos frades, leitura das mãos e das cartas, quando não das estrelas, no Imperial observatório.

Uma cidade dentro da cidade.

Há quatro formas de subir ao Castelo e outras muitas de amá-lo. A ladeira mais íngreme é a da Misericórdia, que alcança a porta do Colégio dos Jesuítas. A segunda, mais longa e, ao mesmo tempo, mais suave, é a da Ajuda, ou da Mãe do Bispo, a que vai dar na velha Sé. A terceira é a ladeira do Colégio, conhecida como do Cotovelo, do Castelo ou do Carmo, com uma curva bastante acentuada para a esquerda, logo na subida, quando se passa o oratório. É das mais frequentadas.

Em cada uma delas, uma parte do que fui. Uma geografia que morre comigo. Mais fácil assinalar a composição das estrelas do que traduzir a poesia daqueles altos.

A quarta ladeira, que jamais existiu, é a do sofisma, proposta por Macedo, para justificar dois capítulos suplementares sobre a velha Sé, que precisou acrescentar, quando já dera por encerrada a série de passeios pela cidade do Rio de Janeiro.

Gosto de subir pela ladeira do sofisma, ou da dúvida, que parece a mais adequada, a zelar pela misteriosa presença de um morro que não para de crescer. Segundo Macedo, o Castelo é o nosso Capitólio. Indago quantos Castelos habitam o morro do Castelo, quantos fantasmas o atravessam, quantos rostos se multiplicam dentro daquelas casas — segundo a pena que os descreve —, quantas histórias não se desprendem, quantos segredos não guarda sua memória geológica?

Impossível dar resposta. O Castelo é uma figura generosa, pronta a acolher imagens ou palavras, que se lhe agregam de forma tempestiva.

Metáfora aberta, como a visão da baía de Niterói, de onde se vislumbram a fortaleza de Santa Cruz e a serra dos Órgãos. Metáfora inquieta e luminosa, que cresce para dentro de si mesma, debaixo do Colégio dos Jesuítas, onde se imaginam escadas, cisternas e abismos que escondem tesouros.

— As grandes riquezas deixadas no Castelo pelos jesuítas foram uma das minhas crenças da meninice e da mocidade [diz uma personagem de Machado]. Perdi saúde, ilusões, amigos e até dinheiro, mas a crença nos tesouros do Castelo não a perdi.

Temo que, nos abismos dessa metáfora, nenhum segredo se desvele, nenhum tesouro, que aclare o mistério de que somos revestidos e dos amores frágeis onde naufragamos.

Como adivinhar o ponto em que nasce e vai morrer a quarta ladeira do Castelo?

## 29

Desaba sobre a casa uma atmosfera escura. As Fúrias se agitam. Mariano finge tomar as escadas. Sobe a ladeira do sofisma. Transpõe o primeiro lance e para no segundo, com a intenção de roubar um segredo terrível. Helena pergunta a Esperidiana:

Tu nos perdeste, foste dizer a teu senhor...

Então meu senhor lhe disse?

Mariano desce apressado até a sala e pergunta do que tratavam. Cai uma segunda cortina de silêncio sobre uma atmosfera ainda mais densa. As cordas que movem os títeres se embaraçam de propósito no esquema narrativo de Busch. Atônitos, os escravos formam o coro inaudível das marionetes. Silêncio que fere a delicada constituição de José Mariano. *Transviado, louco, encaminha-se para essa mulher perdida, mas perturbou-se vendo os escravos*. Mariano revela altitude como chefe de família. Guardião da casa, escondia a torpeza da mulher...

[aplausos de novo]

Decide passar a história a limpo. Sobem os três juntos. No segundo andar, ele pergunta à escrava o que dissera sua senhora e por que se considerava perdida.

Abre-se para Helena um abismo. Para não cair dentro de suas vísceras, mais perigosas que as cisternas dos Jesuítas, faz um gesto negativo a Esperidiana, que não passa despercebido ao marido. Obtida a prova fatal, a escrava, amiga e confidente de Helena, comete a delicadeza de deitar a última gota no *cálix do infortúnio*:

— Minha senhora fez aquilo que já revelei a meu senhor...

E para todo o sempre uma série de sósias de José Mariano decide como devem morrer suas mulheres.

# 30

A defesa bebe nas páginas de *Lucíola*, de José de Alencar, as águas turvas do amor de Helena. Vejo a personagem movendo a cabeça *com orgulho satânico*, quando lhe rugem as sedas — as mesmas sedas com que Mariano vestiu Helena e que formam o involuntário leitmotiv de nossa história. Lucíola salta sobre a mesa e dança, *agitando as longas tranças negras*, na retração dos rins, no *requebro sensual*. Imita quadros lascivos, o gesto, a posição, a imagem do gozo, a volúpia que lhe *estremecia o corpo, com a voz que expirava no flébil suspiro e no beijo soluçante, com a palavra trêmula que borbulhava dos lábios no delíquio do êxtase amoroso.*

Helena vem de uma história mais lúbrica, na qual sequer o amor foi capaz de libertá-la, não é assim, doutor Busch?

— Pois bem, senhores, essa mulher, a quem ele tinha honrado, a quem ele tinha exaltado, a quem ele tinha tirado da obscuridade, aparece de repente traiçoeira e pérfida, à porta daquele quarto, onde ninguém, absolutamente ninguém, deveria penetrar...

[mais aplausos]

O bacharel dos telhados, Raimundo Martiniano, seria a causa da queda de Helena, do fastígio da grandeza aos *últimos abismos da devassidão em que se revolve a mulher casada, mas prostituída, vil e infame.*

[público exaltado: muito bem! muito bem!]

— *Tendes de um lado o marido ultrajado, vilipendiado, de outro lado a esposa culpada, cuja perfídia não se ignora...*

A defesa sustenta que Mariano estava louco. Arrastado pelos instintos afrodisíacos, justo quando imagina a nudez vergonhosa de Helena que o desonrou com o amante:

— Saber que outro homem devassou encantos que só ele supunha conhecer, cevou naquele corpo dourado prazeres lúbricos, ouviu magoados suspiros, brandos queixumes [suspiros e queixumes que a defesa tirou sem aspas do *Parnaso lusitano*].

E continua:

— Os lábios do marido vieram depois secar os beijos férvidos que o adúltero lhe dera, convertendo-lhe o tálamo em patíbulo nojento de prostituição de torpezas.

## 31

Mais que o silêncio da morte, assiste-se ao canto da difamação. Helena é morta. Difícil ouvir-lhe as palavras, lançada num abismo que tem por finalidade atenuar o crime de Mariano. A defesa busca arrasá-la para desculpar o homem-lavadeira, que é aquele que lava com o sangue a própria honra.

— Como *se o sangue lavasse alguma coisa nesse mundo* — resmunga, de além-túmulo, o finado Brás Cubas.

A voz de Helena é a de uma nuvem indefinida, solta, numa câmara de vozes, onde se dissolve por igual seu timbre com o de Capitu, nos ventos frios da narrativa, de que não tem como se agasalhar. Inabordáveis. Cada qual como figura indireta. Se Capitolina fala pelas cordas vocais de Bentinho, Helena emerge da trama de um folhetim, afogada na correnteza de uma retórica de mandarins. Velha e vazia dos bacharéis do tempo.

Helena e Capitu cumprem função estrutural dentro da história. Papel oblíquo e desfocado. Não posso negar o tônus ficcional que as separa, a matéria-prima de que são feitos os retratos, e nem tampouco a espessura de mistério com que foram aureoladas. Presas no solo da narrativa, dele se libertam, a despeito ou por causa de seus narradores, sem que se saiba onde começa e onde termina a ficção.

## 32

Tratemos do presumido amante de Helena, do *peralta da vizinhança*, do bacharel Raimundo Martiniano Alves de Souza. Para muitos, não passa de um *vil sedutor*, consumado e destemido, como declara um de seus desafetos, Léon Surville, diretor do Colégio Francês, vizinho da casa 22, cuja mulher havia sido alvo das *solicitações insolentes* do bacharel, razão pela qual deixou de passear sozinha com a filha. Léon viu o suspeito no telhado da casa de José Mariano com uma lanterna. A isto se juntam as vozes dos escravos de Carlos Coelho, vizinho na mesma rua, que surpreendem mais de uma vez o bacharel, saltando o muro da casa 22. Eis a opinião das testemunhas sobre a noturna e perigosa figura do bacharel.

No ano de 1868, no processo em que responde como réu, Raimundo se confessa apaixonado pela viúva Coelho, dona Cândida de Paiva e

Oliveira, a quem declara amor extremado, desesperando-se *da tardança de se consumar*. A viúva, com 8 filhos e 11 netos, vinha de um casamento de trinta anos. Legatária do marido, tutora dos filhos e acionista do Banco do Brasil, Cândida dispunha de um patrimônio razoável, moradora da casa 24 da rua dos Barbonos. A beleza da viúva resiste ao tempo. Seus 45 anos parecem 36 — a idade exata de Helena, de quem era vizinha, senão amiga. O amor de Raimundo e Cândida teve início um ano antes que se deflagrasse a Guerra do Paraguai. E com grande fervor. Havia, contudo, outra guerra, que os obrigava a uma férrea discrição. A família da viúva nutria prevenções contra o vizinho do número 20. Não mais que uma casa, não mais que um telhado dividiam o bacharel da viúva Coelho. A casa e o telhado em questão eram de José Mariano.

Os filhos de Cândida fazem de tudo para impedir o idílio, promovendo indiretamente uma vida de encontros furtivos e — presume-se — decorosos, na casa de Helena, como davam a entender algumas vozes.

Fora um segredo pactuado entre duas senhoras, para favorecer o namoro proibido da viúva Coelho?

Helena propiciara-lhes o derradeiro bastião daquele amor? Como o livro de cavalaria, que ensejou o primeiro e último beijo de Paulo e Francesca, no canto quinto do *Inferno* de Dante? Não posso afirmar com segurança. Houve má-fé, por parte dos escravos, movidos por interesses outros, quando acusaram Helena de forma peremptória, vitimada pelo simples fato de dar guarida a Cândida e ao bacharel no quarto dos fundos? Hipóteses. Não mais que hipóteses, de ontem e de hoje, hipóteses terríveis, das que circulam pela rua do Ouvidor.

Depois do crime, o sobrinho da viúva, Antonio Dias, mudou-se para o número 22 da rua dos Barbonos, dando livre curso para Cândida e Raimundo, cuja história seguia intensa, embora tivesse perdido algo do romantismo inicial: não havia uma casa e um telhado entre os dois, mas um feroz homicídio. Exausto de tantos expedientes, o bacharel se decide pelo rapto da viúva. Mais um escândalo a confirmar o estigma daquela afamada rua, cujo nome passaria mais tarde a Evaristo da Veiga. Copio o relatório do Ministério da Justiça de 1868, referente ao rapto: *às oito horas do dia 30 de julho saindo a viúva, da casa da rua dos Barbonos 22, para recolher-se à de sua residência, número 24, foi inopinadamente cercada por algumas pessoas, que, agarrando-a, atiraram-na para dentro de um carro, que se achava de prontidão junto à porta, e, apesar dos gritos, conduziram-na a todo o galope para o lado do Catete.*

Raimundo e seus comparsas levam dona Cândida para uma casa na rua Berquó, próxima do São João Batista, em Botafogo. Acha-se na sala um pequeno altar, onde Raimundo deposita um punhal e uma pistola. Sairiam dali casados ou mortos. Seria tudo ou nada. Cercados pela polícia, o bacharel não esboça reação. Deixam a casa vivos e com o mesmo estado civil com que entraram.

Ferreira Viana — advogado de Cândida e inimigo ferrenho de Zacarias de Góis e Vasconcelos — responde com a precisão de um bisturi aos protestos do bacharel, quando afirma que tudo fizera por amor:

— Se qualquer libertino, devasso ou especulador pudesse impunemente raptar uma filha de família, ou uma mulher honesta, desde que tomasse a sacrílega prevenção de armar um altar, e dispusesse da ousadia para declarar que sua intenção era casar: em verdade só poderiam viver nesta terra os celibatários e as prostitutas.

## 33

Perpetrado o crime, José Mariano mandou chamar o concunhado, Torres Homem, a quem confia os cuidados da casa, antes de se entregar à polícia. Não é fácil imaginar o quadro de terror que se revela aos olhos do amigo. Para ele, só um louco seria capaz de cometer aquele crime bárbaro. A insanidade é uma questão complexa, a cujo desafio devem fazer frente a ciência e a filosofia, pensava o jovem médico. Tinha 29 anos e nunca vira nada parecido. E tão próximo. Talvez apenas os feridos da Guerra do Paraguai. Mas havia nesse caso uma razão de matar, ao passo que no de Helena...

Discípulo do Barão de Petrópolis, Torres Homem atendia na rua do Rosário, 47, de onde pode ter sido chamado aquela noite. Havia de se tornar uma das glórias do Império. Quase dois meses antes da morte da cunhada, casou-se na igreja da Glória com Luiza Maria, irmã de dona Helena.

O futuro lhe reservava o cargo de lente de clínica interna da Faculdade de Medicina, assim como a posição invejável de membro da Imperial Câmara, além do título de barão. Tornou-se com o tempo um dos maiores nomes da medicina brasileira. Dentre suas inúmeras atividades, fundou a *Gazeta Médica do Rio de Janeiro* em 1862, onde publicou o artigo "O médico nunca revelará os segredos de que for depositário".

Ouviu detalhes escabrosos da fúria de José Mariano. Pesou no coração mais de mil vezes aquela cena terrível, como quem busca, sabendo não haver, um fio inteligível. Aquele mar de sangue no sobrado e a cunhada morta eram um labirinto sem Ariadne. A vida foge, irreparável, enquanto Mariano confessa fortes segredos, de que Torres Homem se tornou fiel depositário até o fim dos seus dias.

## 34

Hora e meia depois, Mariano se recolhe ao quartel de polícia, confessando a Antonio Duarte:

— Meu comandante e meu amigo, receba preso este infeliz que acabou de assassinar sua mulher.

O coronel se abandona estupefato na cadeira. Não podia acreditar. Saía do Olimpo e descia ao Inferno.

Os amigos que o visitam no cárcere, assevera Busch Varella, testemunham a devastação de que foi vítima, o remorso que *começava a aguilhoar-lhe a consciência*. A estratégia da defesa não se limita apenas em definir o quadro pungente, mas desenhar os equinócios da loucura, de que seria vítima o recém-viúvo. Busch pediu aos doutores Barbosa, Pertence e Torres Homem que fossem examiná-lo. Decidem pela imediata remoção do réu para o Hospício de Pedro II.

No dia 26 de novembro, os doutores José Joaquim Ludovino da Silva e Antonio José Pereira das Neves deram o diagnóstico de loucura transitória ou mais precisamente de hiperemia cerebral. Ministram-lhe uma alta dosagem de sulfato de quinino. A receita prescrita por Torres Homem consiste em cinco onças de água destilada de tília; um grão de sulfato de morfina e ½ onça de xarope de flor de laranjeira.

Uma colher de sopa de hora em hora e Mariano recupera a integridade da razão, dando respostas coerentes às perguntas dos alienistas, poucos dias depois de o Sol ter entrado em Sagitário.

## 35

Para Busch, Raimundo Martiniano não passa de um *ladrão da honra alheia, que se acautela contra a vingança do esposo*, a que jamais se deu.

Dois anos depois da morte de Helena Augusta, no processo movido pela viúva Coelho contra Raimundo Martiniano, este reitera que os parentes de Cândida *opunham embaraços* ao namoro, e que não se furtaram em lançar mão de todos os empecilhos, inclusive o mais torpe de todos: induzir Mariano a crer que o bacharel *seduzira* sua esposa, provocando aquela *desgraça*. Esperidiana foi peça fundamental, no jogo de xadrez, movida pelos filhos de Cândida. Apostaram alto: a morte de Helena seria o xeque-mate contra o sedutor. Com efeito, Raimundo parecia ter perdido a partida com os filhos da viúva. O tal cabeça, de que falava Duarte acerca da conspiração contra Helena, teria sido a família da viúva Coelho?

Raimundo protesta: jamais fixou a janela de Helena, e se *alguma vez andou pelos telhados daquelas imediações, foi por causa de dona Cândida*. Era uma calúnia, diante da qual reagia indignado. Não provocou o *assassinato lamentável* de Helena Augusta, não era um vil sedutor, amava com entrega e desespero a viúva Coelho. Não mais que a viúva Coelho.

Fosse ou não verdade, o cenário de um amor romântico, dentro do júri, podia atenuar-lhe o crime de rapto.

O resto se deu com outras e mais decisivas peças, com os peões lutando contra as altas hierarquias. A torre e o bispo. O rei e a rainha. Jogo incerto e nervoso, onde se alternam fatores mercuriais: a reserva de Helena e o desequilíbrio de Mariano, o interesse venal de terceiros e o impulso erótico de um quarto, dentre outras peças que mal podemos adivinhar, como e por que se deslocaram.

Seria esta, em linhas gerais, a dinâmica de um jogo perverso, do qual não se pode dizer quem saiu vitorioso?

Sob uma chuva de vivas e aplausos, Mariano foi absolvido nove dias antes do Natal de 1866. O promotor apelou da sentença, alegando impedimento frontal de Leonor Eufrosina e

Torres Homem: a agregada, por dependente de José Mariano; o médico, pela relação familiar, sobre quem recai forte *suspeição legal que o inibia de ser ouvido no processo, pró ou contra o réu.*

Outra dúvida consiste em saber se o grão de morfina, ministrado ao médico, não produzira uma falsa aparência de alienação mental. Some-se a isso, continua Firmo Diniz, o fato de a sala da seção ter presenciado *atos mais próprios de um teatro do que do recinto de um tribunal*, comprometendo a isenção do júri, pressionado pelo público, francamente favorável aos argumentos da defesa.

Busch rebate todos os quesitos, mas sai vencido. O tribunal da relação decide novo julgamento. E Mariano seria condenado, sob uma forma branda e sem maiores impedimentos.

Fora das páginas do *Almanaque Laemmert* no ano de 1867, Mariano volta apenas 12 meses depois, domiciliado na rua da Alfândega, 143. Muda-se não poucas vezes, desaparecendo, de todo e para sempre, a partir de 1880.

Das folhas do *Laemmert* e do mundo?

# 36

Quase trinta anos depois, Viveiros de Castro põe em xeque o diagnóstico de mania transitória. Fora uma estratégia infeliz, argumenta, reunir dois temas que se excluem: a loucura e a defesa da honra, *choses qui hurlent de se trouver ensemble*, uma contradição grosseira. Primeiramente a esposa de José Mariano teria praticado adultério, o que *dava ao marido o direito* de matá-la. Num segundo momento, o acusado não responde por seus atos, porque agiu sob a influência da loucura transitória.

A suspeita de que a alienação de José Mariano da Silva não passava de uma certa manobra foi aventada à época, obrigando a defesa a recorrer de modo ostensivo a testemunhas e alienistas:

— Eu seria digno de censura, se deixasse de repelir a insinuação malévola de alguém que procurou fazer passar o doutor José Mariano por louco quando efetivamente não estava. Para constatar e verificar os fatos, há o testemunho de mais de quinhentas pessoas que o visitaram na prisão. Há o testemunho insuspeito dos médicos que o examinaram...

Viveiros contesta a defesa, 14 anos depois de *O alienista* — sem que houvesse absorvido os refinados paradoxos da Casa Verde, quando a psiquiatria começava a desempenhar papel de relevo no quadro das disciplinas forenses, voltada para o homem delinquente.

No campo restrito da ciência, Viveiros não perdoa imprecisões. Recorre aos livros de Kraft Ebing para estudar a mania provisória, cujos sintomas aparecem na forma de delírio completo e na perda total da consciência. O doente sofre *perturbação total das ideias, alucinações intensas e perda completa da percepção do mundo externo.* Passada a fase aguda, cai num sono profundo de que desperta perfeitamente lúcido. Não recorda o que se passou. Não finge, nem se arrepende do crime porventura cometido, do qual não tem notícia.

Mariano foge do quadro. Não houve lapso de consciência. Sono profundo ou amnésia. Tudo fora bem calculado. Diz Viveiros de Castro:

— Mata a esposa com um bisturi após julgá-la, por frágeis ilações, como adúltera. Premedita o crime com perfeita consciência, não apresentando resquícios de delírio ou confusão mental. Consumada a tragédia, Mariano dispõe tranquilamente sobre seus negócios, manda chamar o cunhado, determina o que ele, Torres Homem, devia providenciar para o governo da casa. Imediatamente depois, entrega-se ao quartel e, na qualidade de réu confesso, conta ao delegado o que se passara e a razão de dar morte a dona Helena, enumerando as provas do que seria a infidelidade de sua mulher.

Uma aberração jurídica e médica. Contradição que o primeiro júri não percebeu, bracejando nas ondas fortes das metáforas do doutor Busch Varella, nas correntes do folhetim, que acabou por fazer volume raso das figuras de Helena e Mariano, segundo uma práxis recorrente, que inverte o lugar da vítima e do assassino:

— Se José Mariano compreendeu o alcance do ato de sua mulher, se atua para lavar no sangue a nódoa de seu leito nupcial, então não tinha um delírio, não era um louco. Mas se praticou o crime como louco, não matou a mulher como adúltera.

Pesa o silêncio de Helena sob os escombros patriarcais da defesa.

## 37

Nossa história começou de noite. Lua nova. Noite densa. Noite escura. Insônia. Remorso. E a beleza pontilhada das estrelas. 6 de novembro de 1866, a sorte dos mortais está lançada sob um céu límpido e sereno. Antares resplandece vermelha, anunciando Marte para o fim da madrugada. As jovens plêiades surgem vestidas com seu azul inconfundível, antes da meia-noite. Tão jovens que não sabem *discernir os riscos e as lágrimas dos mortais*. O planeta Júpiter brilha com serena altivez, a meio caminho de Capricórnio e Sagitário.

Em tanto céu, perde-se o rosto de Helena.

Impossível fazer História, apenas vestígios. Poeira cósmica. O vento do futuro varre as certezas que nos restam e prevalece a química do tempo entre os mortais.

Um vasto oceano de luz: *e naufragar-me é doce nesse mar.*

Passados seis anos da morte de Helena, preso no Fort du Taureau, Blanqui imagina o céu que lhe foi proibido, dando início à teoria da eternidade, que consiste na repetição infinita do que somos. Eu mesmo escrevi e escrevo essa história, por toda a eternidade, sobre esta mesa de jacarandá, na rua dos Andradas, com a gata Graziela à sombra da estante. Apesar da perpétua expansão, o universo é uma espécie de matriz de chumbo, que imprime a mesma página. Tenho milhares de sósias em outras partes, que vão fazer exatamente o que faço agora.

Tema. Variação.

Terras análogas.

E, contudo, uma reserva de esperança sobrevive. O que eu podia ter sido e que não fui, pode se dar em outra comarca do universo. O novo é sempre antigo. E o antigo, sempre novo. A centelha do inédito não é ilusão, mas uma janela. Aberta. E sem fantasmas.

Somos os livros de uma mesma tipografia. Os volumes do futuro são idênticos aos do passado. Se para Brás Cubas *cada estação da vida é uma edição que corrige a anterior e será corrigida, até a edição definitiva, que o editor dá de graça aos vermes*, para Blanqui as edições, mais que numerosas, circulam pelo cosmos e se reeditam no seio de um presente infinito. Voltamos iguais, ou com pequenas variantes, notas de pé de página, prefácios, biografias. A biblioteca do Universo. E sua espiral de eternidade.

Monte Alverne há de pregar para sempre o último sermão. Outro e igual. O Marquês de Caxias combaterá sem trégua as forças de Solano Lopes, ao passo que Zacarias de Góis e Vasconcelos não cessará de escrever contra o poder Moderador.

Personagem de Machado, em *Ressurreição*, Felix admite a possibilidade de apagar o passado, mas não poderia fazer o mesmo com o futuro, por definição inadiável.

Essa frase pungente não afeta o sistema de Blanqui, no qual tudo ressurge, sem que nada se dissolva. Presente. Passado. E Futuro. Helena jura fidelidade a Bentinho, enquanto Mariano pede a mão de Capitu no morro do Castelo. Adorna-lhe o pescoço com um belo colar de pérolas. De Machado, a tradução integral da *Divina comédia*, como queria José Veríssimo. Somente assim, ao abrir-se o capítulo das potencialidades, será possível desenhar algum ponto inteligível entre milhares de episódios, os vestígios do passado e a beleza perdida.

Volto a dizer que o doutor Schmidt de Vasconcelos sugeriu que começasse a escrever um livro de memórias, mas preciso cuidar de Graziela, que enxerga pouco e não sai da biblioteca, amiga de Santo Agostinho e do Marquês de Sade. Vou à farmácia homeopática e não demoro.

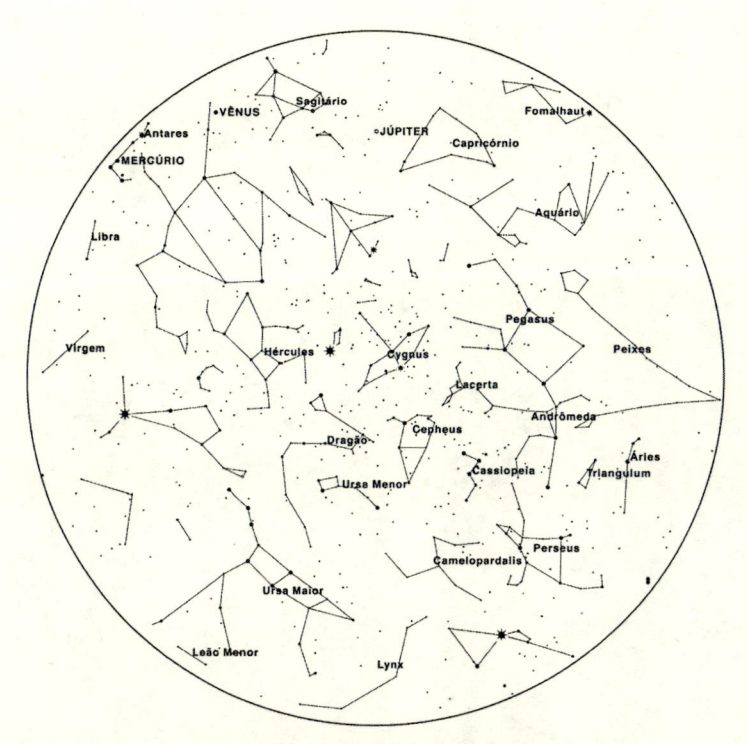

**Céu do Rio, por volta da meia-noite
do dia 6 de novembro de 1866**

# Posfácio

Mais uma vez a história de um manuscrito. Mas que fazer, se em tempos de baixa modernidade, a razão híbrida é a dominante no campo da ficção e da história?

Fiquei surpreso com essas páginas, intrigado com a condição apócrifa do autor. Um testamento espiritual esquecido? Não posso dizer testamento, livre de herança ou de herdeiros. E ainda menos espiritual, pois falta ao caderno um tônus metafísico mais denso. Como definir essas páginas inacabadas, de estilo flutuante, com os resquícios da velha oratória, imitando, de modo desastrado, algumas frases da narrativa machadiana, quando não fragmentos da biografia do Bruxo do Cosme Velho, voltada obliquamente para a rua dos Barbonos? Como definir um documento, em forma de diário, em que história e ficção tecem um diálogo ambíguo e rumoroso?

O autor beira o cinismo, e o arco de sua vida parece abranger o período de 1824 a 1910, o Primeiro, o Segundo Reinado e algo da República Velha, segundo informações do Instituto Histórico e Geográfico Brasileiro, onde ficou depositado o manuscrito. Preferiu a condição de um defunto autor, como Medeiros e Albuquerque, com o livro *Quando eu era vivo*, ou como o Visconde de Taunay, cujas memórias também ficaram sob a guarda do IHGB, publicadas somente em 1943. Divertem-se os autores com a possibilidade de ressuscitar em forma de volume. Brás Cubas fez discípulos.

Alguns resquícios de pudor, pois que as memórias abordam os vivos, diante de cuja opinião somente o tempo seria capaz de dissipar incômodas verdades, ou, quando muito, abrandar possíveis calúnias. O valor dessas páginas? Pouco. Ou menos. Ilustram o capítulo da *Memória no segundo reinado*, livro que ainda não se escreveu, porque, se de fato houve títulos razoáveis, foram eclipsados, todavia, pelo Sol de Joaquim Nabuco.

Não percebo se o autor foi amigo ou inimigo de Machado. Cabem as duas hipóteses. Inclino-me pela segunda. Prefere não opinar sobre Helena ou Capitu, mas não faltam indícios de que parece inocentá-las. Tenho a impressão de que redigiu suas memórias com o propósito de manchar a reputação de Busch e a obra de Machado.

O que mais aborrece na leitura dos originais é a confusão de planos. Deplorável traduzir *Dom Casmurro* como filial do crime da rua dos Barbonos, como se o homicídio fosse a proto-história da obra-prima de Machado. Não o diz sem atenuantes, é bem verdade, mas, ao fim e ao cabo, tudo se resume à história de uma traição.

Dá a entender que conheceu Machado, Helena e Mariano. Não se pode dar crédito a quem não declara o próprio nome. Tenho hipóteses, ideias biográficas, mas não tenho como prová-las.

Quanto ao original, embora fisicamente bem conservado, há nele rasuras e páginas arrancadas. A variação de datas não é pequena, mostrando-se confusa e sem padrão. Decidi retirá-las, mantendo apenas a primeira. Houve passagens em que precisei modificar a linguagem, deslocando volumes semânticos, ou porque as frases eram demasiado compridas, ou porque a retórica do tempo criava um labirinto sintático. Ele, que tece críticas a Rui e aos bacharéis do tempo, não foge à regra. Interferi com vigor na pontuação, que se mostrava incerta. Se alguns trechos permanecem ilegíveis, outros mostram asteriscos no lugar do nome. Eu me pergunto por que censurou, transcorrido um século, pequenas referências aos olhos do futuro?

Não me preocupei com razões de ordem filológica. Uma edição crítica poderá ser feita um dia, cotejando-se o manuscrito, mas não vejo nisso vantagem.

Vale registrar que todos os diálogos desse diário são reproduções das mais diversas fontes. Não pertencem a mim e tampouco ao seu autor.

Quero deixar claro que examinei com cuidado fontes, datas e lugares deste livro. Não medi esforços para alcançar breves fragmentos de verdade objetiva, frequentando os arquivos da Cúria metropolitana, a Santa Casa de Misericórdia, a Biblioteca Nacional, o Museu da Justiça, os cemitérios do Caju e Maruí além do Arquivo Nacional.

Quero consignar meus agradecimentos a Vera Faillace, Lia Jordão e Eliane Perez.

Obcecado por todos os detalhes, busquei outras fontes que me ajudassem a resgatar as linhas maiores do horizonte do crime. Percorri diversas ruas e anotei a mudança do número dos sobrados. Calculei os de ontem com os de hoje e dou como certo que a casa do crime está de pé, não muito longe do Municipal.

Tentei não me afastar dos fatos. Miríades de resíduos foram sopesados e nem sempre incluídos. Para juntar mais de um sujeito ao predicado,

tive de atravessar toda a cidade ou mergulhar em múltiplas camadas de papel.

Quanto aos mapas, preciso assinalar que havia no original apenas a representação astronômica do dia da morte de Helena. Não entendo por completo suas razões. Suponho que o mapa corresponda a uma espécie de metáfora, relativa à eternidade de Blanqui e sua repetição inacabada. Para fazer *pendant* com o céu, decidi incluir o mapa da Corte, assinalando o endereço de nossas personagens.

Numa certa altura da pesquisa cheguei a pensar que Bentinho era o sósia de José Mariano.

Creio que me salvei dessa ilusão, pouco antes de dar por encerrada esta pesquisa.

# Sobre o autor

Foto: Rafael Andrade

**Marco Lucchesi** nasceu no Rio de Janeiro (RJ), em 1963. Poeta, escritor, ensaísta, professor, editor e tradutor. É autor dos romances *O Bibliotecário do Imperador*, *O Dom do Crime* e *Adeus, Pirandello*, que completam a "trilogia carioca". Sua obra poética encontra-se reunida no volume *Domínios da insônia*. Traduziu, dentre outros, Primo Levi, Silesius, Iqbal, Trakl, Hölderlin e Khliebnikov. É professor titular de Literatura Comparada da UFRJ, atualmente pesquisador visitante da Oriental de Nápoles, em língua turca. Doutor *Honoris Causa* pelas Universidades de Tibiscus e Aurel Vlaicu da Romênia. Membro da Academia Brasileira de Letras e Comendador da República italiana. Recebeu, dentre outros, os prêmios Jabuti, Alceu Amoroso Lima, Città di Torino, Ministério da Cultura da Itália e o George Bacovia. Seus livros já foram traduzidos para mais de quinze idiomas.

Exemplares impressos em OFFSET sobre papel Cartão LD 250g/m2 e pólen Soft LD 80g/m2 da Suzano Papel e Celulose para a Editora Rua do Sabão.

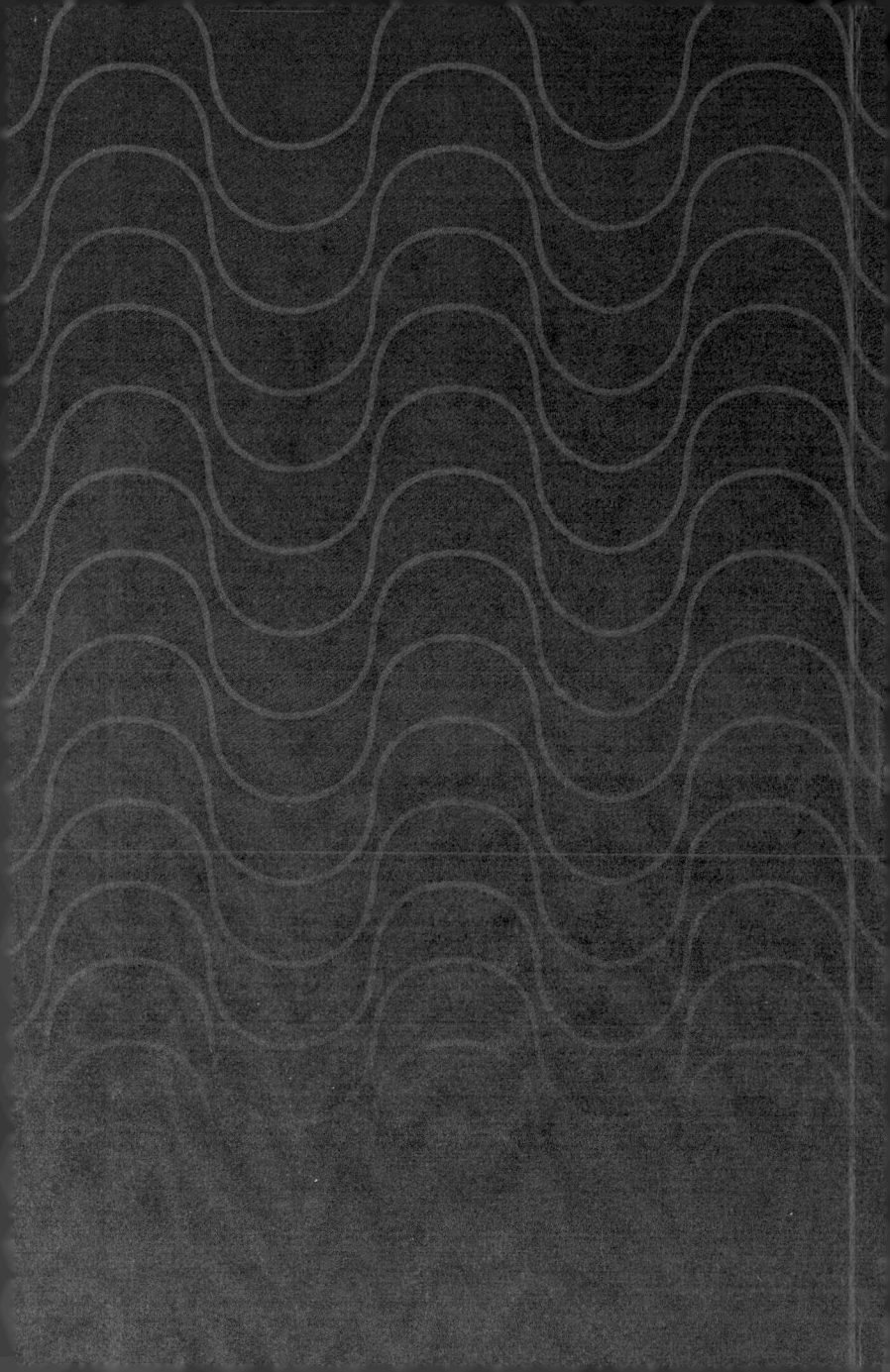